SIR F
NAME: Boogi
FÄHIGKEIT:
MOTTO: Ein
genug!
DIE WILDE YUKI
NAME: Yuki, 10 Jahre
FÄHIGKEIT: schnell wie ein Taifun
MOTTO: Sei immer du selbst – egal, was andere sagen!
BLACK JACK
NAME: Timur, 10 Jahre
FÄHIGKEIT: stark wie ein Seelöwe
MOTTO: Ohne Freunde ist das Leben langweilig!

ATRIUM

Ortwin Ramadan

Die Hafenpiraten

und das Geisterschiff

Illustriert von Gerhard Schröder

Atrium Verlag · Zürich

MIX
Papier aus verantwortungsvollen Quellen
FSC® C014496

Überarbeitete Neuausgabe
1. Auflage 2020

Das Buch erschien erstmals 2009 unter dem Titel
Die Superpiraten – Alarm auf dem Geisterschiff im Carlsen Verlag
Text von Ortwin Ramadan
Titelillustration von Jan Birck
Innenillustrationen von Gerhard Schröder
Satz: Pinkuin Satz und Datentechnik, Berlin
Druck und Bindung: GGP Media GmbH, Pößneck
Printed in Germany
ISBN 978-3-85535-652-2

www.atrium-kinderbuch.com
www.instagram.com/atrium_kinderbuch_verlag

1

DIE PIRATENKILLERLADY

Noch ahnten wir nichts. Es war ein ganz normaler Ferientag. Yuki und ich turnten gerade auf dem morschen Steg herum und befestigten ein neues Segel auf unserem Piratenfloß, als Timur aufgeregt in den Hafen gerast kam.

»Hey, Leute!«, rief er schon von Weitem. Er bretterte auf den Steg und sprang noch im Fahren aus dem Sattel. Sein Fahrrad krachte auf die verwitterten Holzbohlen.

»Ich habe schlechte Nachrichten«, keuchte Black Jack atemlos. »Die Wikinger planen was. Ganz sicher!«

»Na und?«, sagte ich, während ich noch immer mit dem steifen Segelstoff kämpfte. »Hubert plant doch immer was gegen uns. Das ist nichts Neues.«

In diesem Moment löste sich das neue Segel wieder von der Querstange und begrub Yuki und mich unter sich. Genervt strampelten wir uns frei und starteten einen neuen Versuch.

»Diesmal ist es anders«, sagte Timur entschieden. Unser kleines Missgeschick beachtete er gar nicht. »Haltet euch fest: Die Wikinger haben ein neues Schiff gebaut!«

Ich erstarrte. Das änderte die Dinge natürlich schlagartig! Hubert hatte sich mit seiner Bande schon länger nicht mehr auf unserer Flussseite blicken lassen, und wir hatten uns ehrlich gesagt schon gewundert. Jetzt kannten wir den Grund!

»Sicher, dass das nicht nur wieder ein Gerücht ist?«, fragte ich.

Aber Timur machte meine leise Hoffnung sofort zunichte. Er schüttelte den Kopf.

»Leider nicht! Hubert hockt gerade in der Eisdiele am Markt und prahlt mit seinem neuen Superschiff. Ein echtes Drachenboot! Und wisst ihr, wie er es nennt?«

Yuki und ich zuckten gleichzeitig mit den Schultern.

Ich kam mir vor wie ein dämlicher Synchronschwimmer. Wenigstens schien das Segel jetzt zu halten.

»*Die Piratenkillerlady*!«, stieß Timur hervor.

Ich sah ihn entsetzt an. Dagegen kam unsere *Albatros* nicht an. Yuki dagegen schien geradezu erleichtert.

»Pah, das heißt doch gar nichts«, winkte sie lässig ab. »Die Wikinger haben uns in der letzten Zeit in Ruhe gelassen. Vielleicht haben sie gar keine Lust mehr, uns zu ärgern.«

Na klar, und ich werde morgen der Oberpräsident aller Piraten! In solchen Dingen hatte Yuki einfach null Peil. Yuki ist das jüngste Mitglied unserer Bande und kannte die Wikinger deshalb noch nicht so gut. Aber eins war sicher: Wenn die Hohlköpfe ein neues Schiff hatten, würden sie über uns herfallen. Das war eine Art Naturgesetz. Für Wikinger und Piraten zusammen war die Welt nun mal zu klein.

»Was schlägst du vor?«, fragte ich Timur.

Mein Kumpel schob sich das Piratenkopftuch aus der Stirn und machte ein ernstes Gesicht. »Wir müssen was unternehmen.«

Da stimmte ich ihm voll und ganz zu. Diese Nachricht bedeutete Ärger. Mächtigen Ärger sogar. Was wir jetzt brauchten, war eine zündende Idee.

»Wo ist eigentlich unser Professor?«, wunderte sich Timur.

Es war, als hätte er in dieser Sekunde den gleichen Gedanken gehabt wie ich.

»Keine Ahnung«, sagte ich. »Boogie sollte längst hier sein. Eigentlich wollte er Yuki und mir beim Anbringen des neuen Segels helfen.«

»Hoffentlich ist ihm nichts passiert!« Yuki klang besorgt.

»Wie meinst du das?«, fragte ich.

»Na ja, vielleicht haben die Wikinger unseren Professor auf dem Weg in den Hafen abgefangen.«

Wir sahen uns schweigend an. Komisch war es schon. Sonst war Sir Francis immer pünktlich wie eine Atomuhr.

»Wenn die Vollidioten Boogie was angetan haben«, knurrte Timur wütend, »dann aktiviere ich meine Superkraft und statte ihnen einen Besuch ab. Darauf könnt ihr wetten!«

Im letzten Sommer haben wir einem Ritter von einem anderen Planeten aus der Patsche geholfen. Zum Dank hat er uns seine magische Kugel hinterlassen. Was sie so kostbar macht, ist nicht allein die Tatsache, dass sie von einem anderen Planeten stammt. Sie besitzt außerdem eine fantastische Eigenschaft: Sie erkennt verborgene Talente und multipliziert sie ins Unendliche.

Um die Kugel zu aktivieren, muss man sie nur in

die Hand nehmen und dabei fest an sein ganz persönliches Talent denken. Und da eigentlich jeder Mensch eine besondere Fähigkeit hat, funktioniert sie auch bei jedem. Nur dass sie eben bei jedem Menschen eine andere Superkraft freisetzt. Ich kann mich durch die Kugel zum Beispiel unsichtbar machen.

Leider hielt die Wirkung bei jedem aber immer nur zwanzig Minuten an. Danach musste man mindestens doppelt so lange warten, bis sie wieder funktionierte. Das einzig Blöde war, dass wir unsere magische Kugel vor den Wikingern auf keinen Fall einsetzen durften. Wenn Hubert Wind davon bekommt, sind wir sie sofort los.

»He, langsam, langsam! Unsere Superkräfte müssen geheim bleiben, das weißt du doch!«, erinnerte ich Timur. »Auf so eine Gelegenheit wartet Hubert nur.«

»Ganz genau«, pflichtete Yuki mir bei. »Außerdem haben wir dem Sternenritter versprochen, die magische Kugel nur sinnvoll einzusetzen!«

»Aber das ist sinnvoll«, sagte Timur grimmig. Er ballte seine Faust. »Wehe, die Schwammköpfe haben Boogie auch nur ein Haar gekrümmt. Dann mache ich sie platt!«

2

URLAUB WIDER WILLEN

Wie immer ging Timur vom Schlimmsten aus. Aber ganz unrecht hatte er diesmal nicht. Schließlich war Boogie der Jüngste von uns, und wenn sich Hubert mit seiner Bande auf unserer Flussseite herumtrieb, war Gefahr im Verzug. Also beschlossen wir, vorsichtshalber nach dem Rechten zu sehen.

Unser Professor wohnte mit seinen Eltern in einem kleinen Haus nicht weit vom Hafen entfernt. Mit unseren Fahrrädern brauchten Yuki, Timur und ich nur fünf Minuten. Wir lehnten unsere Räder gegen den Holzzaun, öffneten das quietschende Tor und durchquerten den wild wuchernden Garten. Boogies Adoptiveltern waren beide Lehrer und ziemlich ökomäßig drauf. Bei ihnen musste immer alles »biologisch« sein. Deshalb bauten sie natürlich auch ihr eigenes Gemüse an. Nett waren sie trotzdem. Ich meine, abgesehen davon, dass sie beide Lehrer waren. Aber dafür konnte Boogie ja nichts. So was war einfach Piratenpech.

Als wir vor der himmelblau lackierten Haustür mit vertrocknetem Strohkranz standen, schoben Timur und ich unsere Steuerfrau nach vorne. Yuki musste klingeln und sollte das Reden übernehmen, weil sie besser mit Boogies Eltern konnte, meinte Timur. Yuki tippte sich an die Stirn, aber dann drückte sie auf den omahaften Klingelknopf. Hinter der Tür zwitscherte es wie in einem Vogelkäfig.

Nachdem die Vogelklingel verstummt war, wollten wir es uns schon bequem machen. Bei Boogie dauerte es nämlich immer eine Ewigkeit, bis jemand aufmachte. Aber diesmal war es anders: Innerhalb weniger Sekunden riss Frau Haferkamp die Tür auf.

»Gott sei Dank!«, rief Boogies Mutter und warf theatralisch ihre Arme in die Höhe. »Gut, dass ihr da seid!«

Timur, Yuki und ich sahen uns verdattert an. Hatte Boogies Mutter beim Umgraben ihrer ungespritzten Gemüsebeete etwa zu viel Sonne abgekriegt?

»Äh, ist Boogie da?«, sagte Yuki schließlich zögerlich.

»Kommt doch herein!«, sagte Frau Haferkamp und schob uns ins Haus. »Boogie ist oben in seinem Zimmer. Er hat sich eingeschlossen und will nicht aufmachen. Ich weiß einfach nicht mehr, was ich machen soll!«

Jetzt waren wir aber platt. Unser Professor hockte in seiner Bude und ließ freiwillig unsere Verabredung sausen? Das sah ihm gar nicht ähnlich.

Beunruhigt enterten wir die knarrende Holzstiege, die nach oben in Sir Francis' kleines Reich unter dem Dach führte. Timur fackelte nicht lange. Er hämmerte mit der Faust an die Zimmertür.

»Hey, Boogie«, brüllte er. »Mach auf! Wir sind's!«

Stille. Nichts rührte sich.

»Versuch's noch mal«, sagte ich.

Timur hämmerte erneut. Endlich hörten wir Schritte. Der Schlüssel drehte sich im Schloss, dann öffnete sich die Tür. Boogie ließ uns herein, aber er würdigte uns keines Blickes. Er hockte sich wieder auf seine Koje und tat so, als wären wir nicht da.

»Na endlich«, seufzte Yuki, als wir sein Dachzimmer betraten. Es war vollgestopft mit Büchern. Auf dem Tisch stand ein Mikroskop, daneben war ein chemischer Versuch aufgebaut.

»Du wolltest Yuki und mir doch beim Anbringen des neuen Segels helfen«, erinnerte ich Boogie. »Wir haben die ganze Zeit im Hafen auf dich gewartet!«

»Stimmt.« Yukis brauner Pferdeschwanz wippte. »Wir hätten deine Hilfe gut gebrauchen können«, sagte sie vorwurfsvoll.

Boogie gab keinen Ton von sich. Stattdessen machte er ein Gesicht wie ein Tintenfisch, dem man gerade seine Tentakel geklaut hatte.

»Mensch, Alter, was soll das? Wir haben uns echt Sorgen gemacht!«, Timur baute sich vor Boogie auf. »Große sogar! Also raus mit der Sprache: Was ist hier los?«

Boogie blitzte Timur über den Rand seiner Brille hinweg an. Dann explodierte er. Von einer Sekunde zur anderen.

»Was mit mir los ist, geht keinen was an«, brüllte er. »Kapiert? Also lasst mich in Ruhe!«

Hoppla! So kannten wir unseren Professor gar nicht. Offenbar war die Sache ernster als gedacht. Ich setzte mich neben Boogie aufs Bett und legte ihm den Arm um die Schulter.

»Hör mal zu«, sagte ich. »Beantworte mir eine Frage: Sind wir jetzt die unschlagbaren Hafenpiraten oder nicht?«

Boogie sah mich erstaunt an. »Natürlich sind wir das!«

»Und haben wir uns nicht geschworen, alles miteinander zu teilen?«, schob ich nach.

Boogie druckste herum. Er schien zu kapieren, worauf ich hinauswollte.

»Na, siehst du«, sagte ich, ohne eine Antwort abzuwarten. »Genau deshalb sind wir ein Team. Deine Probleme sind auch unsere.«

»Yepp«, meinte Timur. »Wenn einer von uns ein Problem hat, geht das uns alle was an. So sind unsere Piratenregeln!«

»Und Ausnahmen gibt es nicht«, fügte Yuki mit verschränkten Armen hinzu.

Boogie schwieg und sah uns an. Einen nach dem anderen. Dann nahm er seine Brille ab und fing an, sie mit einem Zipfel seines Totenkopf-Sweatshirts zu putzen. Das tat er immer, wenn er verlegen war.

»Also schön«, seufzte er schließlich. Er setzte die Brille wieder auf. »Wenn ihr es genau wissen wollt: Ich muss in Urlaub fahren.«

Urlaub!? Jetzt waren Timur, Yuki und ich wirklich von den Socken. Wir hatten mit irgendeiner Katastrophe gerechnet, und jetzt das!

»Sag mal, spinnst du?«, schimpfte Yuki. »Deswegen lässt du uns im Stich? Andere wären froh, wenn sie in Urlaub fahren könnten.«

»Aber nicht nach Ghana«, entgegnete Boogie trotzig.

»Ghana, echt? Cool, Mann!« Timur war sofort begeistert. »Wenn du nicht willst, fahr ich. Kein Problem! Ich wollte schon immer mal auf Safari gehen.«

»Ich aber nicht!«, blaffte Boogie ihn an.

»Aber warum denn nicht?«, wollte Yuki wissen.

Boogie starrte auf den Boden und knetete seine schwarzen Hände. Plötzlich brach es aus ihm heraus: »Weil meine Eltern wollen, dass ich meine biologische Mutter kennenlerne. Darum!«

Boogie war superverzweifelt. Wie sich herausstellte, planten seine Eltern, in den letzten Ferienwochen mit ihm nach Afrika zu fliegen. Sie hatten ohne Boogies Wissen seine leibliche Mutter ausfindig gemacht und mit ihr Briefkontakt aufgenommen. Jetzt wollten sie es Boogie ermöglichen, sie kennenzulernen. Wegen seiner persönlichen Entwicklung oder so. Der Haken war nur: Boogie hatte absolut keine Lust, nach Afrika zu fliegen und seine richtige Mutter zu treffen.

»Was soll ich da?«, fragte er. »Ich hasse Afrika!«

»Jetzt bleib mal locker«, beruhigte ich unseren Professor. »Ein bisschen Händeschütteln ist doch kein Mastbruch.«

»Ja, freu dich doch«, meinte Yuki. »Ich an deiner Stelle wäre neugierig auf meine richtige Mutter.«

»Ich aber nicht!«, sagte Sir Francis. »Ich hab nämlich schon eine, kapiert?«

»Besser zwei Mütter als gar keine«, sagte ich. Das meinte ich ernst. Schließlich wusste ich, wovon ich redete. Seit meine Mutter vor drei Jahren bei einem Flugzeugabsturz ums Leben gekommen war, mussten mein Vater und ich nämlich komplett ohne auskommen. Und das war alles andere als leicht. Das könnt ihr mir glauben.

»Ihr versteht das nicht«, sagte Boogie. »Was ist, wenn mich meine Eltern einfach dalassen? Ich meine, irgendwo in Afrika. Ich hab doch keine Ahnung, wie man da zurechtkommt. Vielleicht wollen sie mich ja loswerden …«

Yuki zeigte ihm einen Vogel. »Du spinnst ja! Deine Eltern lieben dich viel zu sehr. Die würden dich nie weggeben.«

»Und wenn doch«, ergänzte ich, »kommen wir mit der *Albatros* und holen dich wieder zurück!«

Boogie sah uns unsicher an. »Versprochen?«

»Großes Piratenehrenwort!« Timur legte seine rechte Hand auf die Brust. »Du kannst ganz beruhigt in Urlaub fliegen und dir die Elefanten und Tiger ansehen.«

»Mensch, in Afrika gibt's doch gar keine Tiger!«, empörte sich Boogie sofort.

»Weiß ich doch.« Timur knuffte unseren Professor grinsend in die Seite. »Tiger gibt's nur in Asien. Wollte nur mal testen, wie viel von unserem Besserwisser-Genie noch übrig ist.«

Jetzt mussten auch Yuki und ich laut lachen. Schließlich konnte selbst unser Professor nicht anders – er lachte mit uns. Das war ja schon mal ein Anfang.

»Warum seid ihr eigentlich hier?«, fragte er und wischte sich die Lachtränen aus den Augen. »Ist irgendwas passiert?«

Unsere gute Laune verflog im Nu.

»Hubert!«, stieß Timur grimmig hervor.

Boogie verstand natürlich nur Bahnhof.

»Die Wikinger haben ein neues Schiff«, klärte ich ihn auf.

»Yepp. *Die Piratenkillerlady*«, fügte Timur finster hinzu. »Das ist der Name ihres neuen Schiffs.«

»*Die Piratenkillerlady*?« Boogie verzog das Gesicht. »Das hört sich nicht gut an. Und was machen wir jetzt?«

»Keine Ahnung«, sagte ich. »Deshalb sind wir ja hier. Wir müssen einen Piratenrat einberufen.«

»Was haltet ihr davon, wenn wir uns diese schreckliche Lady mal genauer ansehen?«, schlug Timur vor. »Und zwar sofort. Die Gelegenheit ist günstig: Hubert hängt mit seiner Bande bestimmt noch immer in der Eisdiele am Marktplatz herum.«

»Gute Idee«, fand ich. »Dann ist das Schiff bestimmt unbewacht.«

Das war eine piratenmäßige Aktion ganz nach meinem Geschmack: auf die andere Flussseite segeln, das Hauptquartier unserer Erzfeinde auskundschaften und wieder verschwinden, bevor die Pickelbande etwas schnallte.

Black Jack und ich klatschten uns begeistert ab. Auch Boogie war mit von der Partie, denn er war offensichtlich froh über die Ablenkung. Nur unsere Steuerfrau nörgelte mal wieder.

»Das ist ziemlich riskant«, wandte sie ein. »Was ist,

wenn Hubert plötzlich zurückkommt und uns in seinem Hauptquartier erwischt? Schon vergessen, dass wir unsere Superkräfte vor den Wikingern nicht einsetzen dürfen? Lasst uns lieber noch mal überlegen, ich hab irgendwie so ein ungutes Gefühl bei der Sache.«

Timur und ich verdrehten die Augen. Das war so typisch! Yuki hatte ständig ungute Gefühle, wenn es mal ein bisschen riskanter wurde. Das kannten wir schon. Allerdings mussten wir zugeben, dass Yuki in der Vergangenheit mit ihren Vorahnungen schon des Öfteren recht behalten hatte. Und auch diesmal hatte sie voll ins Schwarze getroffen. Wir waren im Begriff, in unser Verderben zu segeln. Aber was hätten wir anderes tun sollen?

3

GEHEIMOPERATION FLAGGENKLAU

Hätten wir gewusst, was uns erwartete, ich glaube, wir hätten die Aktion auf der Stelle abgebrochen. So aber wischten wir Yukis Bedenken beiseite und überstimmten sie. Keiner von uns Jungs hatte Lust, tatenlos darauf zu warten, dass die Wikinger mit ihrem neuen Schiff im Hafen aufkreuzten und uns das Leben zur Hölle machten. Yuki maulte natürlich, aber am Ende akzeptierte sie zähneknirschend unsere Entscheidung. Sie war eben doch eine echte Piratin.

Also sausten wir alle zurück zum Hafen. Eins stand fest: Wenn wir das neue Wikingerschiff ausspionieren wollten, mussten wir schnell sein. Hubert würde mit seiner Bande nicht ewig in der Eisdiele rumhängen. Viel Zeit blieb uns nicht.

Das Hauptquartier unserer Erzfeinde befand sich flussabwärts auf der anderen Seite. Unweit der Eisenbahnbrücke. Dort hatten die Wikinger eine alte Gießerei in Beschlag genommen und zu ihrer Burg ausgebaut. Das verlassene Gelände lag nicht direkt am Ufer, sondern ein kleines Stück landeinwärts. Mit dem Fluss war es durch einen eigenen breiten Seitenkanal verbunden.

Als wir im Hafen ankamen, holten wir sofort die magische Kugel aus ihrem Versteck und bauten sie in den Hyperantrieb unseres Piratenfloßes ein. Dann rauschten wir auch schon den Fluss hinunter Richtung Wikingernest.

Wir passierten den breiten Industriekanal, der zu der alten Gießerei führte, und machten die *Albatros* ein Stück weiter in einer kleinen, versteckten Bucht fest. Dann liefen wir am Ufer entlang wieder flussaufwärts, bis wir an den modrigen Industriekanal kamen, der die Gießerei mit dem Fluss verband. Dem Kanal folgten wir landeinwärts, bis wir schließlich vor einem Drahtzaun standen, der das Wikinger-Hauptquartier von allen Seiten umgab.

Anscheinend hatten die Wikinger die verfallene Gießerei in den letzten Monaten in eine richtige Festung verwandelt. Der rostige Maschendrahtzaun war überall mit viel Aufwand geflickt worden und an manchen Stellen zusätzlich mit Nagelbrettern und Stacheldraht gesichert. Den ehemaligen Schornstein der Gießerei hatten sie zudem zu einem Wachturm mit Ausguck umfunktioniert. So konnten sie bequem über die Bäume hinweg nach ahnungslosen Opfern Ausschau halten.

Diesmal war der Ausguck allerdings leer. So wie das ganze Gelände. Das war unsere Chance! Wir kletterten über den geflickten Zaun und rannten auf das verfallene Hauptgebäude zu. Dort angekommen, drückten wir uns an die rote Backsteinwand und lugten vorsichtig um die Ecke. Und tatsächlich, da lag es: das nagelneue Schiff der Wikinger!

Das gewaltige Drachenboot dümpelte am ehemaligen Erz-Kai im Wasser. Es war noch viel größer, als wir es uns vorgestellt hatten. Zudem besaß es an seinem geschwungenen Bug einen Furcht einflößenden Rammsporn, der in einer eisernen Faust endete. Daneben stand in großen Buchstaben der Name des Monsterschiffs: *Piratenkillerlady*.

»Dreimalverflixtehaifischflosse!« Timur spuckte neben mir in den Staub. »Das gibt Ärger! Der Pott ist ja riesig!«

Dem konnte keiner widersprechen.

»Habt ihr die Eisenfaust gesehen?«, flüsterte Sir

Francis. »So etwas gab es früher aber nur bei römischen Galeeren, nicht bei den Wikingern. Da hat Hubert in Geschichte wohl nicht richtig aufgepasst!«

»Wozu die wohl gut ist?«, überlegte Yuki.

»Wozu soll ein Rammsporn schon gut sein? Schätze mal, damit will uns Hubert bei der nächsten Gelegenheit auf den Grund des Flusses schicken«, sagte ich finster. Alle meine Befürchtungen hatten sich beim Anblick des neuen Schiffs bestätigt.

Plötzlich stieß Timur einen leisen Pfiff aus. »He, seht mal her!« Er hatte eine unverschlossene Tür an der Rückwand des Gebäudes entdeckt. »Lasst uns mal nachschauen, wie es drinnen aussieht.«

»Spinnst du!« Boogie war entsetzt. »Das ist Huberts Hauptquartier.«

»Egal«, meinte Timur. »Wir gucken ja nur.«

Bevor wir reagieren konnten, war Timur im Inneren der Gießerei verschwunden. Die rostige Metalltür klappte wie ein Fallbeil hinter ihm ins Schloss.

»Oh, Mann, ich fass es nicht«, stöhnte Yuki. »Es ist immer dasselbe! Das gibt Schwierigkeiten. Garantiert!«

Auch mir gefiel Timurs Alleingang ganz und gar nicht. Unsere Erzfeinde konnten jeden Moment zurückkommen. Aber Timur ließ uns keine andere Wahl. Wir mussten ihm folgen, das verlangte die Piratenehre. Also schlüpften Yuki, Boogie und ich ebenfalls durch die rostige Metalltür in das Innere des Gebäudes.

Drinnen landeten wir in einer Halle. Es war ziemlich duster. Durch die schmutzigen kleinen Glasfenster unter dem Dach fiel nur spärliches Licht. Rechts und links von uns ragten die gigantischen Schmelzöfen wie Riesen empor. Die aus Ziegeln gemauerten Ungeheuer waren noch immer schwarz vom Ruß längst erloschener Erzfeuer.

»Wo ist Timur bloß hin?«, zischte Yuki, während sie sich in der Halle umsah.

Bevor ich etwas erwidern konnte, hörten wir wieder einen leisen Pfiff. Als wir ihm nachgingen, stießen wir auf eine rostige Metalltreppe, die am Ende der Halle in ein weiteres Stockwerk führte. Oben am Treppenabsatz stand Timur und winkte.

»Leute! Kommt rauf!«, rief er uns mit gedämpfter Stimme zu. Er klang aufgeregt. »Das müsst ihr euch ansehen.«

Yuki, Boogie und ich zögerten. Aber dann siegte unsere Neugier doch. Wir stiegen die schiefe Treppe hoch. Sie quietschte bei jedem Schritt, und ich hatte das Gefühl, der Krach würde die ganze Stadt alarmieren. Als wir endlich oben ankamen, erwartete uns jedoch eine echte Überraschung: Die Wikinger hatten die obere Etage der Gießerei zu einem erstklassigen Clubhaus ausgebaut!

In der Mitte des großen Raums stand ein langer Holztisch mit fünf Stühlen und in der Ecke ein gemütliches Sofa mit mehreren Sesseln zum Draufrumlümmeln. Ich weiß nicht, warum, aber irgendwie waren wir immer davon ausgegangen, dass der schreckliche Hubert und seine brutale Bande in ihrer Freizeit auf Nagelbrettern saßen. Was anderes konnten wir uns gar nicht vorstellen. Und jetzt das!

Das ganze Clubhaus war mit Teppichen ausgelegt, und die Bande besaß sogar einen Fernseher und einen mannshohen Kühlschrank mit Eiswürfelautomat. Offenbar hatten die Wikinger einen Weg gefunden, wie man die alten Stromleitungen anzapfen konnte.

»Lasst uns lieber abhauen«, flüsterte Boogie nervös.

»Gleich«, entgegnete Timur, »ihr hab noch nicht alles gesehen. Kommt mit.«

Timur führte uns an dem langen Tisch vorbei in einen weiteren Raum. Kein Zweifel: Das war Huberts Chefzimmer. Die Wände waren mit großkotzigen Wikingerbildern tapeziert, und unter dem schmutzigen Fenster stand ein abgewetzter Sessel, der so riesig war, dass eine Kolonie von Seekühen darauf Platz gehabt hätte.

Timur lief an dem Sessel vorbei und steuerte direkt

auf einen Schrank neben dem Fenster zu. Er öffnete ihn, dann sah er uns triumphierend an: »Na, was sagt ihr jetzt?«

In dem Schrank lag eine Flagge. Timur nahm sie heraus und entfaltete sie. Auf ihr war ein roter Feuerdrache mit zwei gekreuzten Äxten aufgemalt. Die Fahne sah wirklich super aus.

»Cool«, meinte ich. »Die ist bestimmt für das neue Schiff.«

»Jetzt gehört das Ding jedenfalls uns«, freute sich Timur. Mein Kumpel rieb sich die Hände und grinste. Von einem Ohr bis zum anderen. So etwas nenne ich Piratenglück. Die Flagge seiner Erzfeinde erbeutet man nicht alle Tage.

»Moment mal!«, meldete sich Yuki zu Wort. Sie war mal wieder anderer Meinung. »Vielleicht denkt ihr kurz nach, ihr Superpiraten. Wenn wir den Wikingern die Fahne stehlen, verfolgt uns Hubert bis ans Ende der Welt!«

»Ja, lasst das Ding lieber liegen«, sagte Boogie.

»Ach was«, winkte ich ab. »Woher sollen die Fischköpfe denn wissen, dass wir das Ding geklaut haben?«

»Yepp.« Timur grinste noch immer wie ein Honigkuchenpferd. »Da kommen die nie drauf!«

Plötzlich hörten wir unten in der Halle dröhnende Stimmen, gefolgt von lautem Poltern und einem superfiesen Lachen. Hubert und seine Leute waren zurück.

»Mist! Ich hab's gewusst.« Boogie geriet sofort in Panik. »Jetzt sind wir geliefert!«

Kurz darauf war schon das Getrampel der Bande auf der wackeligen Metalltreppe zu hören. Wir sahen uns fieberhaft nach einem Versteck um, aber es gab keins. Wir saßen in der Falle. Nur eine Sekunde später erschien der fette Tintenfisch. Als der dicke Wikinger uns durch die offene Tür in Huberts Chefzimmer stehen sah, fielen ihm fast die Schweinsäuglein aus dem Kopf. Er schnappte nach Luft und quiekte dann mit seiner Fistelstimme, so laut er konnte: »Alarm! Einbrecher! Alarm!«

Wir waren erledigt.

»Schnell!«, sagte ich, während ich hektisch an dem uralten Fenster hinter Huberts Chefsessel herumfingerte. »Hier raus! Wir müssen springen! Beeilt euch!«

Wir sprangen, ohne mit der Wimper zu zucken. Wie

schmerzhaft der Aufprall auf dem Boden auch sein würde – eine Begegnung mit Hubert war tausendmal schlimmer. Also segelten wir durch die Luft und hatten dabei Riesenglück, denn genau unter dem Fenster befand sich eine mit Sand gefüllte Grube.

Den Quarzsand hatte man früher beim Schmelzen der verschiedenen Erze gebraucht. Jetzt rettete er uns. Ohne ihn hätten wir uns bei dem Sprung bestimmt sämtliche Knochen gebrochen. Aber so schüttelten wir uns einfach den Sand aus den Piratenklamotten, dann krochen wir blitzschnell aus der Grube und rannten in Richtung Zaun.

Wir hatten schon fast die Hälfte des Wegs geschafft, da ertönte hinter uns ein Wahnsinnsgebrüll. Als wir uns im Laufen umdrehten, sahen wir Hubert, der sich aus dem offenen Fenster lehnte. Sein Kopf war rot vor Wut, und er fluchte aus Leibeskräften.

»Mann, macht der ein Theater!«, rief Yuki, während wir weiter auf den Zaun zurasten.

»Das würde ich auch, wenn man uns die Fahne klauen würde«, keuchte Timur grinsend. Erst jetzt bemerkten wir, dass er ein dickes Stoffbündel unter den Arm geklemmt hatte. Es war die neue Drachenflagge der Wikinger!

»Das ist unser Ende«, keuchte Boogie, während seine Brille beim Rennen auf und ab hüpfte. »Das verzeiht uns Hubert nie!«

Am Zaun angekommen, sprangen wir mit Anlauf hoch und hangelten uns rüber. Unter uns gesagt, ich habe Boogie noch nie so klettern sehen. Aber diesmal war unser eher unsportlicher Professor sogar vor Yuki auf der anderen Seite. Und die war eigentlich die Schnellste von uns.

Aber heute waren wir alle gut. Und schnell. Schneller als eine Seeschwalbe im Sturm. Als wir jedoch die Bucht erreichten, in der wir die *Albatros* versteckt hatten, legten wir allesamt eine Vollbremsung hin. Nero, Huberts bissige Bulldogge, stolzierte seelenruhig auf unserem Floß herum und schnüffelte in jeder Ecke. Offenbar hatte er die *Albatros* während unserer Abwesenheit durch Zufall entdeckt. Jetzt hatten wir ein Problem. Denn als uns die sabbernde Bulldogge entdeckte, fing sie natürlich sofort an, wie wahnsinnig zu kläffen. Gleichzeitig ging sie knurrend zum Angriff über. Wir sahen uns schon nach dem nächsten Baum um, da schwirrte plötzlich ein Schatten durch die Luft. Zorro!

Der Papagei stürzte sich im Sturzflug auf die Bulldogge und krächzte dabei so laut, dass Huberts zähnefletschendes Schoßhündchen einen Mordsschreck bekam. Die Bestie erstarrte, dann flitzte sie wie eine Kanonenkugel von unserem Floß und verschwand winselnd in den Büschen. Ich glaube, wir waren noch nie so froh, unseren Papagei zu sehen!

Wir enterten sofort unser Floß und legten in Windeseile ab. Als wir endlich die Flussmitte erreicht hatten, atmeten wir erleichtert auf und bedankten uns überschwänglich bei unserem Maskottchen. Zorro hatte uns wieder einmal gerettet!

Wir waren entkommen. Trotzdem hatte ich ein komisches Gefühl. Am Ufer ließ sich noch immer kein Wikinger blicken. Nicht eine fiese Visage war zu sehen. Hatte die Bande die Verfolgung etwa aufgegeben?

Ich wunderte mich noch, da tippte mir Yuki auf die Schulter. Ich fuhr herum. Jetzt wusste ich, warum uns niemand gefolgt war. Vor uns schob sich das neue Wikingerschiff mit der Eisenfaust auf den Fluss hinaus. Die Bande hatte ihr Monsterschiff im

Eiltempo startklar gemacht. Nun schnitt es uns den Rückweg in den Hafen ab!

4

LAND UNTER!

Das Drachenboot glitt langsam auf den Fluss hinaus. Dann drehte es und hielt genau auf uns zu. Und wurde dabei immer schneller. Der eiserne Rammsporn flog nur so auf uns zu. Jetzt saßen wir echt in der Klemme. Zurück in den Hafen konnten wir nicht mehr. Deshalb blieb uns nur eine Möglichkeit: Mit einem Blitzmanöver wendeten wir die *Albatros* und flohen den Fluss hinunter.

Die Wikinger nahmen sofort die Verfolgung auf. Aber egal wie schnell ihr neues Schiff auch sein mochte – gegen unseren geheimen Superantrieb hatten sie natürlich nicht die geringste Chance. Er bestand aus zwei Unterwasser-Düsenrohren, die zwischen den Schwimmtonnen unter unserem Floß montiert waren. Sie waren für niemanden sichtbar und wurden mithilfe der magischen Kugel aktiviert.

Doch das konnten die Hohlköpfe ja nicht wissen. Sie sahen lediglich Timur, der zur Tarnung unser Heck-Schaufelrad bediente. So entwickelte sich bald ein lustiges Katz-und-Maus-Spiel: Immer wenn uns die Wikinger mit ihrer eisernen Faust bedrohlich nahe kamen, schob ich den verborgenen Hebel unseres Geheimantriebs ein bisschen weiter nach vorn. Die *Albatros* reagierte sofort. Sie machte einen Satz nach vorne und zog dann davon. Über die verdutzten Gesichter lachten wir uns jedes Mal schlapp.

Aber Hubert ließ trotzdem einfach nicht locker. Er klebte uns wie Fischschleim am Heck. Als Timur schließlich die geklaute Wikingerfahne zum Spaß von unserem Mast flattern ließ, flippte er vollends aus.

»Schneller!«, feuerte Hubert seine Männer an. Sein Kopf war inzwischen knallrot, und er gab mit einer Trommel den Rudertakt vor. »Ihr sollt schneller rudern! Schneller!«

Dabei schlug er so wütend auf der Trommel herum, dass seine Männer unmöglich mithalten konnten. Immer wieder gerieten sie aus dem Takt und verhedderten sich mit ihren langen Ruderblättern. Fast taten uns die Wikinger leid. Wahrscheinlich hatten sie schon jede Menge Blasen an den Händen.

Huberts Leute strengten sich wirklich an, aber gegen unser Superfloß mit seinem geheimen Hyperantrieb sahen sie einfach alt aus. So jagten wir immer weiter flussabwärts in Richtung Küste. Wir mit unserem Piratenfloß vorneweg; hinter uns das Drachenboot mit einer Horde schwitzender Wikinger an Bord, die mit jedem Flusskilometer wütender wurden. Die Eisenbahnbrücke und die Stadt hatten wir bereits hinter uns gelassen, und ehe wir's uns versahen, waren wir kilometerweit vom Hafen entfernt.

Plötzlich geschah etwas Merkwürdiges. Das Drachenboot hinter uns wurde immer langsamer. Dann wendete es, und die Wikinger steuerten hektisch auf das Ufer zu. Erst dachten wir, Hubert hätte die Verfolgung endlich aufgegeben, aber dann sahen wir, wovor die Wikinger ans Ufer flohen: Eine gewaltige Gewitterfront kam von Steuerbord genau auf uns zu!

Innerhalb weniger Sekunden färbte sich der gesamte Himmel schwarz. Keiner von uns hatte jemals so etwas gesehen. Die Temperatur fiel rapide, und es wurde mit einem Schlag so kalt wie in Blackbeards Grab.

Ich schnappte mir Zorro und brachte ihn unter meiner Käpt'n-Kid-Jacke in Sicherheit. Gerade noch rechtzeitig, denn schon verwandelte der heranrasende Orkan den Fluss in einen tosenden Hexenkessel. Die *Albatros* hüpfte wie eine Nussschale auf den Wellen, und es wurde stockfinster.

»Haifischzahn und Teufelsrochen!«, fluchte Timur. »Jetzt wird's ernst!«

»Haltet euch fest!«, schrie ich meiner Crew zu.

Die Floßplanken unter unseren Füßen knarrten und ächzten bedrohlich.

»Hoffentlich bricht die *Albatros* nicht auseinander!«, brüllte Sir Francis gegen den Wind an. Er suchte auf dem schwankenden Deck verzweifelt nach Halt.

Yuki ergriff seine Hand und zog ihn zu sich. »Schnell! Steck deinen Arm hier durch!« Damit meinte sie den an Deck verschraubten Fahrradrahmen. »Und ja nicht loslassen, hörst du!«

Kaum hatte sie das gesagt, traf uns der Sturm mit voller Wucht. Es war, als würde die Welt untergehen. Um uns herum tobten die Elemente, und alles begann sich in rasendem Tempo zu drehen. Wir klammerten uns an unser Floß und sahen gerade noch, wie Huberts schönes neues Schiff von einer Orkanböe gegen die Uferböschung geschmettert wurde und mit Mann und Maus absoff. Danach waren wir an der Reihe.

Der tobende Sturm traf uns mit voller Wucht. Er riss unser tonnenschweres Floß in die Höhe, wirbelte es umher und trug es wie ein Spielzeug mit sich fort. Ich erinnere mich noch, wie ich mich schreiend an den Mast krallte, dann traf mich plötzlich etwas Hartes am Kopf, und alles um mich herum versank im Dunkel, und ich verlor das Bewusstsein.

Als ich wieder zu mir kam, trieb unser Piratenfloß auf dem offenen Meer. Von einem strahlend blauen Himmel brannte mir die Sonne erbarmungslos ins Gesicht. Zorro saß auf meiner Brust und stupste mich vorsichtig mit seinem Schnabel an. Erschrocken fuhr ich hoch. Meine Crew! Doch da hockten sie, voller blauer Flecken und Schrammen, aber wohlauf. Dass sich bei dem Ritt auf dem Monstersturm keiner von uns ernsthaft verletzt hatte oder über Bord gegangen war, grenzte an ein Wunder.

»Mann! Das war der größte Orkan aller Zeiten«, stammelte Sir Francis. »Ganz sicher!«

Das Ganze kam uns vor wie ein böser Spuk.

»Das ist ja wohl glatt untertrieben«, meinte Timur. »Das war der reinste Wahnsinn!« Er nahm sein Kopftuch ab und schüttelte fassungslos den Kopf. »Wenigstens hat es die Wikinger auch erwischt. Habt ihr gesehen, wie ihr neues Schiff auseinandergekracht ist? Wie ein Streichholz!«

»Das war erste Sahne«, stimmte ich meinem Kumpel zu. »*Die Piratenkillerlady* wird niemanden mehr belästigen. Die ist erledigt!«

»Oh Mann, wir haben jetzt wirklich andere Probleme.« Yuki verdrehte die Augen und nahm unseren völlig verstörten Papagei behutsam auf den Arm. »Vielleicht denkt ihr zur Abwechslung mal an was

Vernünftiges. Seht euch doch mal um: Wir treiben mitten auf dem Meer.«

Yuki hatte natürlich recht. Wir mussten irgendwie wieder an Land. Also untersuchten wir die *Albatros* erst einmal auf Schäden. Zu unserer Überraschung hatte unser tapferes Superfloß die Schleudertrommel des Orkans erstaunlich gut überstanden. Alle Schwimmtonnen waren noch dran, auch der Mast mit dem neuen Segel hatte gehalten. Allerdings hing es schlaff herunter, denn es herrschte Flaute wie in der Schatztruhe eines beutelosen Piraten. Und dann kam es knüppeldick: Der Sturm hatte nicht nur unsere geheimen Unterwasserdüsen weggerissen, sondern auch die Fahrradkette, mit der man das Heck-Schaufelrad antrieb. Wie es aussah, konnten wir uns aus eigener Kraft nicht aus dieser Lage befreien.

Ich zog meine Käpt'n-Kid-Jacke aus und blinzelte in die gleißende Sonne, um den Horizont nach einem Schiff abzusuchen. Aber sosehr ich mich auch anstrengte, ich konnte weit und breit keins sehen. Um uns herum war nichts als Wasser. So weit das Auge reichte.

»Hat jemand eine Ahnung, wo wir in etwa sind?«, fragte ich in die Runde.

Boogie sah mich vorwurfsvoll an. Sein linkes Brillenglas hatte offenbar einen Schlag abbekommen, denn es war gesprungen. »Hättet ihr mich zu Hause nicht so gedrängt, hätte ich jetzt zumindest meine Uhr dabei«, maulte er. »Dann könnte ich über Satellit unsere Position bestimmen. In null Komma nichts. Aber so ...«

Unser Professor zuckte mit den Schultern.

»Der Hitze nach zu urteilen, sind wir bestimmt bald in Afrika«, witzelte Timur, während er sich die Schweißperlen von der Stirn wischte. »Dann können wir Boogies echter Mutter einen Besuch abstatten. Was haltet ihr davon?«

»Haha.« Boogie sah Timur beleidigt an. »Sehr witzig. Ich lach mich schlapp!«

Heiliges Krakenauge, beim Thema Afrika war unser Professor wirklich empfindlich! Das musste man schon sagen. Auf der anderen Seite konnte sich eben keiner von uns so recht vorstellen, wie er sich fühlte. Schließlich waren weder Timur, Yuki noch ich adoptiert. Wir wussten, wer unsere richtigen Eltern waren. Auch wenn meine eigene Mutter nun schon seit einiger Zeit im Himmel war, konnte ich mich natürlich noch ganz genau an sie erinnern. Eigentlich dachte ich fast ständig an sie. Ob sie wohl wusste, in welcher Gefahr wir gerade schwebten?

Nachdenklich berührte ich die magische Kugel in meiner Hosentasche. Ich hatte sie aus der Steuerkonsole ausgebaut und vorsichtshalber eingesteckt. Donnerkeil und Wolkenbruch: Unsere Geheimwaffe hatten wir retten können. Aber was nutzten uns unsere Superkräfte inmitten dieser Wasserwüste?

Wenn nicht bald ein Schiff vorbeikam und uns von dem schwimmenden Bretterhaufen runterholte, würden wir verdursten. So viel stand fest. Wir hatten nichts zu trinken und leider auch nichts zu essen dabei. Kein Wunder, schließlich wollten wir nur mal kurz auf die andere Flussseite. Dass uns ein Jahrhundertsturm einfach so auf dem offenen Meer aussetzt, war nicht geplant gewesen.

Um wenigstens ein bisschen Schutz vor der brennenden Sonne zu haben, spannten wir das Segel über unser Deck. Anschließend quetschten wir uns mit dem Papagei darunter und versuchten, uns so wenig wie möglich zu bewegen. Mehr konnten wir im Augenblick nicht tun.

»Diese Gluthitze ist ätzend!«, stöhnte Yuki, nachdem wir eine Weile unter dem Segel vor uns hin geschwitzt hatten. »Wenn wenigstens mal eine Wolke am Himmel auftauchen würde!«

»Versuch's doch mal mit einem Regentanz«, murmelte Timur. Er lag neben mir und deutete auf den

Papagei, der mit offenem Schnabel zwischen meinen Füßen kauerte. »Wer weiß, vielleicht macht Zorro ja mit.«

Auf der anderen Seite von mir schnellte Yukis Kopf in die Höhe. »Blödmann!«, giftete sie Timur an. »Halt du bloß die Klappe. Ohne dich wären wir gar nicht hier!«

»War ja klar«, schnauzte Timur zurück. »Jetzt bin ich also an allem schuld!«

»Wer sonst?« Jetzt kam Yuki so richtig in Fahrt. »Wenn du nicht in Huberts Hauptquartier reinspaziert wärst und die Fahne geklaut hättest, wären wir nicht hier. Dann würden wir jetzt gemütlich im Hafen auf dem Steg liegen und eine Runde schwimmen.« Sie funkelte Timur böse an.

»Dämliche Süßwassermatrosin«, feuerte der sofort zurück. »Du hättest ja nicht mitkommen müssen, wenn dir immer alles zu gefährlich ist!«

»Hört sofort auf zu streiten!«, ging ich dazwischen. Wir waren alle gereizt, und die Stimmung an Bord drohte zu kippen. Als Kapitän durfte ich auf keinen Fall zulassen, dass sich meine Mannschaft in die Haare bekam. »Niemand ist schuld an irgendetwas«, stellte ich klar. »Dass uns ein Orkan erwischt hat, war einfach Pech. Sonst nichts. Also spart lieber eure Kräfte.«

»Pah! Wofür denn?« Yuki lachte bitter. Dann legte sie sich wieder auf den Rücken und verschränkte trotzig die Arme. »Damit ich es auch genau mitkriege, wenn ich verdurste? Schönen Dank auch!«

Danach sagte keiner mehr etwas. Stattdessen dösten wir unter dem schlaffen Segel weiter vor uns hin. Die Hitze war unerträglich, und die Stunden vergingen so zäh wie flüssiges Blei. Keiner wusste, wie lange wir jetzt schon auf dem Ozean herumdümpelten. Wir hatten längst jegliches Zeitgefühl verloren.

»Zumindest ein Fisch könnte sich mal hierher verirren«, meldete sich Timur irgendwann neben mir zu Wort. »So langsam bekomme ich einen Mordshunger!«

»Ich dachte, du kannst Fisch nicht ausstehen?«, krächzte ich. Die vor Durst geschwollene Zunge klebte an meinem ausgetrockneten Gaumen. Das Sprechen fiel mir bereits schwer.

»Bei Blackbeards Bart: Ich habe solchen Hunger, dass ich sogar einen lebenden Tintenfisch verputzen würde«, jammerte Timur. »Ehrlich!«

Aus dem Augenwinkel sah ich, wie er seinen knurrenden Bauch tätschelte.

»Hey, Boogie!«, fragte Yuki. »Woran merkt man eigentlich, dass man verdurstet?«

»Als Erstes fängt man an zu halluzinieren«, erklärte ihr Boogie.

Yuki seufzte. »Wenn das so ist, dann ist es bei mir bald so weit. Ich sehe nämlich schon Schiffe, die gar nicht da sind.«

Ich hob meinen Kopf. »Was für Schiffe?«

Yuki lag auf der Seite, und ihr Kopf ruckte kraftlos in Richtung Horizont. »Solche wie das da eben!«

Ich kroch schwerfällig unter dem Segel hervor und rieb mir die Augen. Dann rieb ich sie mir noch einmal. Der dunkle Punkt am Horizont war kein Fleck auf meiner Pupille. Das war ein Frachter! Ich war sofort hellwach.

»Ein Schiff!«, jubelte ich und hüpfte auf und ab. »Wir sind gerettet! Seht nur, ein Schiff!«

5

DAS GEISTERSCHIFF

Mit einem Schlag war auch meine Crew topfit. Timur, Yuki und Boogie krochen wieselflink unter dem Segel hervor. Selbst Zorro reckte aufgeregt seinen Hals und rief: »Schweinebacke!« Das war das einzige Wort, das er wirklich sagen konnte.

»Du hast recht«, johlte Yuki. Sie hielt ihre Hand wie ein Kapitän vor die Augen. »Wenn das kein Schiff ist, will ich nie mehr die Schnellste sein!«

Unser Professor fing an zu brüllen, als hätte ihn ein Barrakuda gebissen. »Hey! Hallo! Hier sind wir! Hallo!«

Timur, Yuki und ich brüllten mit ihm. Ich schwenkte sogar meine Kapitänsjacke. Aber all das nützte nichts. Das Schiff war viel zu weit weg.

»Oh nein, sie hören uns nicht«, sagte Boogie verzweifelt. »Sie fahren weiter.«

»Wir müssen hinterher«, sagte ich. »Beeilt euch! Wir müssen paddeln.«

Ich brach ein Brett aus dem ramponierten Floßdeck, um es als Paddel zu benutzen. Timur, Yuki und Boogie folgten meinem Beispiel. Dann legten wir los.

Das Schiff am Horizont schien weit weg zu sein, und eigentlich war es ein Witz, auf hoher See einen Frachter mit einem kaputten Floß einholen zu wollen. Aber das Schiff war unsere einzige Chance, und deshalb holten wir das Letzte aus uns heraus. Wir paddelten um unser Leben.

»Sag mal, fällt euch gar nichts auf?«, keuchte Boogie, als wir nach einer Weile eine Verschnaufpause einlegen mussten. Wir waren total ausgepumpt und patschnass vom Spritzwasser.

»Ne, was denn?«, hustete Timur vor Anstrengung.

»Das Schiff bewegt sich nicht von der Stelle«, japste Boogie.

Sir Francis hatte recht. Wir hatten den Frachter fast schon eingeholt. Es grenzte an ein Wunder!

»Vielleicht haben die einen Maschinenschaden«, überlegte unser Professor.

»Bestimmt«, meinte Timur. »Das wäre eine Erklärung.«

»Endlich haben wir mal Glück«, sagte Yuki erleichtert. »Na los, worauf wartet ihr? Volle Kraft voraus! Nur noch ein kleines Stück, dann sind wir gerettet!«

So ganz konnte ich die Freude meiner Crew nicht teilen. Mich beschlich ein mulmiges Gefühl. Warum sah uns die Besatzung nicht? Wir befanden uns längst in Rufweite, und noch immer hatte man uns nicht bemerkt. Auch als wir erneut aus Leibeskräften um Hilfe riefen – an Bord ließ sich niemand blicken. Das riesige Schiff wirkte wie ausgestorben.

Wir paddelten weiter, und je näher wir dem rostigen Frachter kamen, desto gewaltiger ragte er vor uns aus dem Wasser. Kurz darauf stießen wir mit einem dumpfen »Klong« gegen den Rumpf. Schweißüberströmt blickten wir nach oben. Über uns erhob sich die riesige, mit glitschigen Algen bewachsene Schiffswand. Wenigstens konnten wir jetzt lesen, wie das mysteriöse Schiff hieß. Der Name prangte in schmutzig weißen Buchstaben über unseren Köpfen am Bug: *Santa Clara*.

Während wir auf unserem schwankenden Floß balancierten, versuchten wir, uns irgendwie an der glitschigen Bordwand festzuhalten. Dabei stießen wir immer wieder mit unseren Schwimmtonnen gegen den riesigen Schiffsrumpf. Boogie wollte erneut um Hilfe rufen, aber diesmal legte ich ihm schnell die Hand auf den Mund.

»Überleg doch mal!«, erklärte ich, als er verwundert die Augen aufriss. »Ein Schiff ohne Besatzung? Also wenn ihr mich fragt: Da ist was faul! Die hätten uns doch längst sehen müssen. Wir sollten vorsichtig sein.«

»Was schlägst du vor, Käpt'n?«, fragte mich Timur.

»Wir entern den Kahn, ohne dass es einer merkt«, erwiderte ich. »Still und heimlich.«

»Aber wie, du Oberpirat?« Yuki deutete auf die rostige Schiffswand. »Da kommen wir nie hoch! Selbst wenn wir unsere Superkräfte aktivieren.«

»Vielleicht gibt es doch einen Weg«, sagte ich. Ich hatte eine Idee. »Timur, her mit der Wikingerfahne!«

Zögernd zog Timur sie aus dem Hosenbund und gab sie mir.

»Los, ihr müsst mir helfen. Reißt die Fahne in dünne Streifen. Dann knotet ihr die einzelnen Streifen zu einem langen Seil zusammen, okay?«

Während sich meine Crew sofort ans Werk machte, baute ich den Lenker vom Fahrradrahmen ab, mit dem wir normalerweise unser Schaufelrad betrieben. Anschließend knotete ich den Lenker an den Strick, den Timur, Boogie und Yuki aus der Drachenflagge unserer Erzfeinde geknüpft hatten. Als ich fertig war, hatten wir ein stabiles Kletterseil mit einem echten Wurfanker am Ende.

»Gib her, ich mach das!«, sagte Timur. »Und wie schade, dass Hubert nicht dabei zusehen kann.«

Timur nahm das zusammengeknotete Fahnenseil in seine Hände und prüfte das Gewicht. Er sah nach oben, nahm Maß und ließ den Fahrradlenker wie eine Lassoschlinge immer schneller über seinem Kopf kreisen. Vor lauter Konzentration biss er sich auf die Zunge. Plötzlich ließ er los. Der Fahrradlenker schoss nach oben und krallte sich über unseren Köpfen an der Reling des Frachters fest. Wir jubelten.

»Was habe ich gesagt?« Timur strahlte. »Black Jack macht das schon!«

Wir klatschten uns gegenseitig ab. Manchmal war ich wirklich stolz, dass er mein bester Kumpel war. Der erste Schritt war geschafft. Jetzt kam der nächste.

Ich zog kräftig an dem improvisierten Seil, das an der Schiffswand herunterbaumelte. Der Lenker an der Reling schien zu halten.

»Ich gehe als Erster«, erklärte

ich meiner Crew. Meine Kapitänsjacke hatte ich mir trotz der Hitze schon wieder angezogen. Die magische Kugel nahm ich zur Sicherheit mit. »Wenn ich oben bin, kommt ihr nach! Aber einer nach dem anderen, klaro?«

»Und Zorro?«, warf Yuki ein.

»Der faule Herr Papagei kann gefälligst fliegen. Wozu hat er sonst Federn?«, entschied ich.

Timur rieb sich den Bauch. »Mann, hoffentlich gibt's jetzt bald was zu essen! Ich hab schon einen Schrumpfmagen!«

»Freu dich nicht zu früh«, murmelte ich und sah an der schier endlosen Schiffswand empor. »Die Prise gehört einem erst, wenn man im sicheren Hafen ist. Und wer weiß, was uns da oben erwartet.«

Ich zögerte. Dann gab ich mir einen Ruck und griff nach dem Seil. Mit zittrigen Knien begann ich hinaufzuklettern.

»Pass bloß auf!«, rief mir Yuki hinterher. »Vielleicht haben die Leute auf dem Frachter eine Krankheit. Ein gefährliches Virus oder so!«

Na klasse! Das hätte mir gerade noch gefehlt. Ich hing an dem baumelnden Seil, und meine Knöchel scheuerten an der rostigen Schiffswand. Das tat so weh, dass ich mir auf die Lippe biss und mir vor Schmerzen die Tränen in die Augen schossen.

Aber aufgeben war nicht drin, schließlich war ich Käpt'n Kid und musste meiner Crew immer mit gutem Beispiel vorangehen.

Ich atmete tief durch und riss mich zusammen. Doch dann ertönte über mir ein entsetzliches Geheul. Das Blut gefror mir in den Adern. Die unheimlichen Laute kamen zweifellos vom Schiff!

Meine Freunde standen ungefähr sechs Meter unter mir auf dem schwankenden Bretterhaufen, der einmal unser Superfloß gewesen war, und sahen besorgt zu mir hoch. Auch sie hatten die Schreie gehört.

»Was war das?«, rief Yuki mit gedämpfter Stimme. Sie nahm Zorro auf den Arm.

»Das klang so, als ob jemand stirbt!«, hörte ich Boogie orakeln.

»Yepp«, machte Timur. Er legte den Kopf in den Nacken und zischte mir hinterher: »Hey, Alter, sei vorsichtig! Vielleicht ist das Schiff verhext.«

Auf meine Crew war wirklich Verlass. Sie verstanden es, einem Mut zu machen, ehrlich! Zum Glück hatte ich wenigstens die magische Kugel bei mir. Ich konnte sie in der Innenseite meiner Jacke spüren. Sie strahlte eine beruhigende Wärme aus. Ich stemmte meine Füße entschlossen gegen den Schiffsrumpf und drückte mich ab. Sobald ich an Bord des gespenstischen Schiffs war, würde ich mich mithilfe unserer Geheimwaffe unsichtbar machen. Nur zur Sicherheit.

Dann zog ich mich an der Wikingerfahne Knoten für Knoten weiter in die Höhe. Als ich endlich oben war, schwang ich mich mit einem Satz an Bord des unheimlichen Frachters. Noch während ich mich abrollte, fingerte ich die magische Kugel aus meiner Tasche. Anschließend ging ich blitzschnell hinter der aufgerollten Ankerkette in Deckung. Ich wollte erst einmal die Lage peilen.

Vorsichtig hob ich meinen Kopf. Das Deck des Frachters war mindestens so groß wie zwei Fußballfelder. Ich selbst kauerte vorne im Bug, direkt neben der mächtigen Ankerkette, und das weiße fünfstöckige Deckshaus im Heck des Schiffs schien ewig weit entfernt zu sein. Soweit ich das erkennen konnte, waren alle Ladeluken des Frachters verschlossen und mit fleckigen Gummiplanen abgedeckt. Die hoch aufragenden Ladekräne waren zusätzlich mit schweren Eisenketten gegen Seegang gesichert, und auch die beiden verbeulten Stahlcontainer, die man mittschiffs zwischen die Kräne platziert hatte, waren sorgfältig an Deck festgezurrt. Auf den ersten Blick sah eigentlich alles ganz normal aus. Bis auf ein winziges Detail eben: Wo war die Besatzung?

Niemand war zu sehen. Dabei hätte man mich doch längst von der Brücke aus bemerken müssen. Von dort oben konnte man das ganze Schiff überblicken. Bis hin zur Bugspitze, wo ich hinter der Ankertrosse hockte.

Warum sahen mich weder der Kapitän noch sein wachhabender Offizier? Und da war noch etwas anderes, das mich beunruhigte: Woher war dieses grauenhafte Geheul gekommen, das ich beim Entern des Frachters gehört hatte?

Ich lauschte angestrengt. Nichts rührte sich, nicht

mal der kleinste Laut war zu hören. Das ganze Schiff glich einem Friedhof. Es war wirklich gruselig.

Eins war klar: Hier stimmte was nicht. So etwas hatte ein echter Freibeuter im Blut. Aber was sollte ich tun? Wenn wir weiter auf der *Albatros* blieben, würden wir früher oder später verdursten. Oder beim nächsten Sturm kentern und mit Mann und Papagei untergehen. Mir blieb gar keine andere Wahl.

Also kroch ich aus meinem Versteck und überprüfte das zusammengeknotete Seil. Dann beugte ich mich über die Reling und gab meinen Freunden das vereinbarte Signal. Sie schienen wirklich froh zu sein, endlich von dem wackligen Floß herunterzukommen, denn kaum hatte ich ihnen zugewunken, landete Zorro neben mir auf dem Deck. Kurze Zeit später kam Boogie hochgeklettert, dicht gefolgt von Yuki und Timur, der mit einem Satz über die Reling sprang.

»Puh, das wäre geschafft«, sagte er und ließ sich erschöpft neben die aufgerollte Ankerkette sinken. »Wer hätte gedacht, dass uns Huberts Fahne mal das Leben rettet.«

»Psst!« Ich bedeutete ihm, nicht so laut zu reden. »Bisher sind wir nicht an Land, und von der Mannschaft habe ich auch noch nichts zu sehen bekommen. Wir sollten vorsichtig sein.« Das ganze Unternehmen behagte mir immer weniger.

»Hast du herausgefunden, woher das Geheul kam?«, flüsterte Yuki. Sie blickte sich auf dem Frachter um.

Ich zuckte mit den Schultern. »Keine Ahnung. Aber eins sage ich euch: Hier ist was faul!«

»Piratenoberfaul sogar«, ergänzte Yuki, während sie sich weiterhin misstrauisch umsah. Auch sie schien mit einem Mal die unsichtbare Gefahr zu spüren. Plötzlich ertönte erneut das schreckliche Geheul. Es war noch grauenhafter als das erste Mal und kam vom anderen Ende des Schiffs.

Timur sprang sofort auf. »Was kann das nur sein?« Er klang leicht panisch. »Gib mir die Kugel! Schnell!«

»Ja, schnell«, flehte mich Boogie an. »Gib sie ihm!«

»Immer mit der Ruhe«, erwiderte ich. Mein Puls raste. »Wir wissen ja nicht mal, mit wem wir es zu tun haben.«

Wenigstens der Käpt'n musste einen kühlen Kopf bewahren. Es stimmte, unsere Geheimwaffe machte meinen Kumpel so stark wie Superman. Das Problem war nur: Wenn Timur die außerirdische Kugel erst einmal benutzt hatte, würden wir mindestens eine halbe Stunde warten müssen, um seine Superpower erneut aktivieren zu können. Und wenn uns dann jemand an den Kragen wollte, waren wir aufgeschmissen. Nein, das Risiko war viel zu groß. Wir durften die

Kugel auf keinen Fall unüberlegt einsetzen. Sie war unsere Lebensversicherung.

»Besser, wir erkunden erst mal das Schiff«, schlug ich deshalb vor.

Meine Crew schien sich bei dem Gedanken nicht sonderlich wohlzufühlen. Das schreckliche Geheul hatte nicht gerade menschlich geklungen, und wer hatte schon Lust, am helllichten Tag auf unbekannte Wesen zu treffen?

»Ich weiß nicht, ob die Idee wirklich so gut ist«, meinte Boogie zögernd.

Timur nickte. »Wer weiß, was sich hier an Bord rumtreibt.«

»Habt ihr vielleicht einen besseren Vorschlag?«, erwiderte ich. »Ich meine, wir können auch wieder zur *Albatros* runterklettern, wenn euch das lieber ist.«

»Lasst uns abstimmen«, schlug Yuki vor.

Also stimmten wir ab. Die Entscheidung war eindeutig. Merkwürdiges Geheul hin oder her – keiner von uns wollte länger auf dem Meer treiben.

»Los, kommt, mir nach«, zischte ich mit gedämpfter Stimme. »Vielleicht finden wir auf diesem Geisterschiff ja wenigstens was zu trinken und zu essen.«

Auf mein Zeichen hin liefen wir gebückt über das menschenleere Schiffsdeck. Der Frachter war wirklich in einem jämmerlichen Zustand. Alles war mit einem schmierigen Ölfilm überzogen, und an sämtlichen Aufbauten blätterte die Farbe ab. Wer immer der Kapitän dieses Kahns war, er machte seinen Job nicht besonders gut.

Wir schlichen weiter auf das hoch aufragende Deckshaus zu. Und wir waren wirklich gut. Wir nutzten jede noch so winzige Deckung. Auch wenn jemand oben auf der Brücke am Fenster stand und das Deck beobachtete – er hätte uns wahrscheinlich nicht gesehen. Wir waren lautlose Schatten.

Als wir das Deckshaus erreicht hatten, huschten wir an einem Rettungsboot vorbei nach achtern. Das Boot war mit einer Plane gegen Regen und Spritzwasser geschützt. Daneben lag eine weitere Plane auf dem Boden, und die Lücke verriet, dass das zweite Rettungsboot fehlte. Da erklang erneut dieses unheimliche Geheul, gefolgt von dröhnendem Lachen. Diesmal war es ganz nah.

Wir gingen sofort hinter dem Rettungsboot in Deckung und zogen uns die Plane über den Kopf. Als wir uns schließlich dazu zwangen, unser Versteck wieder zu verlassen, und einen Blick um die Ecke des Deckshauses riskierten, trauten wir unseren Augen nicht: Der Frachter befand sich in der Hand von brutalen Banditen!

6

BANDITEN ZUR SEE

Die Typen waren zu fünft und sahen aus, als kämen sie geradewegs aus dem Gefängnis. Ihre weiten Baumwollhosen waren total verdreckt und ihre Gesichter finster und grausam. Und damit nicht genug: Die barfüßigen Gangster waren bis an ihre verfaulten Zähne bewaffnet!

Der Dickste von ihnen – ein schwabbeliger Koloss mit Ohrring und nacktem Oberkörper – hielt ein scharf geschliffenes Enterbeil in der Hand. Seinem Kollegen, einer tätowierten Bohnenstange, baumelte ein nadelspitzer Degen an der Seite, und der Nächste – sein Gesicht wurde durch eine hässliche Narbe fast in zwei Hälften geteilt, und er hatte nur ein Auge – besaß ein riesiges Messer.

Der Kleinste der Horrorbande, ein echter Zwerg, nicht viel größer als wir selbst, trug wiederum zwei uralte, mit Silber beschlagene Vorderlader-Pistolen im Gürtel. Und er hielt eine Peitsche in der Hand. Der Zwerg schien der Anführer zu sein, denn er hatte als Einziger Schnallenschuhe an den nackten Füßen und einen Dreispitz auf dem Kopf. Der altmodische Hut saß ihm so tief im Gesicht, dass man außer dem riesigen roten Bart nicht viel erkennen konnte. Als wir jedoch genauer hinsahen, rieben wir uns entsetzt die Augen: In seinem Bart baumelten tatsächlich winzige Knochen!

Dann lachte der Zwerg auf. Gleichzeitig machte er einen Schritt zur Seite. Erst jetzt erkannten wir, dass der fünfte Typ mit Stricken an einen Ladekran gefesselt war. Ob ihn der komische Zwerg gerade ausgepeitscht hatte? Der Kerl war mindestens dreimal so groß wie mein Vater und ein echter Muskelprotz. Wie Timur trug er ein Piratenkopftuch.

Der Zwerg rollte die Peitsche sorgfältig wieder zusammen. Dann nahm er seinen dreieckigen Hut ab

und wandte sich an das einäugige Narbengesicht, das neben ihm stand.

Was genau er sagte, konnten wir aus der Entfernung nicht verstehen, aber bei dieser Gelegenheit sahen wir zum ersten Mal das gemeine Gesicht des Zwergs in voller Pracht. Es war die fieseste Visage, die man sich vorstellen konnte!

Als wir das Tappen von nackten Füßen hörten, gingen wir blitzschnell hinter dem Rettungsboot in Deckung. Gerade noch rechtzeitig, denn nur Sekunden später betrat eine weitere Gestalt die Bildfläche. Diesmal handelte es sich um einen barfüßigen Jungen.

Der Junge war etwa elf oder zwölf, und um seine dürren Beine schlotterte eine viel zu weite, abgeschnittene Hose. Die Haut des Jungen war so schwarz wie die unseres Professors. Ehrlich gesagt hätte er locker als Boogies großer Bruder durchgehen können. Vorausgesetzt, Boogies großer Bruder hätte sich drei Monate lang weder gekämmt noch gewaschen.

Gespannt verfolgten wir, wie der Junge dem Zwerg eine grob geschnitzte Holzpuppe reichte. Sie war ziemlich hässlich, trotzdem schien der Knochenbart auf sie gewartet zu haben. Er riss dem Jungen die Puppe ungeduldig aus der Hand, anschließend versetzte er ihm eine schallende Ohrfeige. Das Klatschen schallte bis zu unserem Versteck herüber.

»Volle Breitseite«, flüsterte Timur neben mir. »Das tat bestimmt weh!«

Der geohrfeigte Junge rieb sich seine schmerzende Wange. Er hatte Tränen in den Augen und funkelte den knochenbärtigen Zwerg böse an. Diesen kümmerte das allerdings wenig. Stattdessen hielt er dem gefesselten Muskelberg die Holzpuppe mit einer theatralischen Geste vor das Gesicht. Dann brach er die Figur entzwei und schmiss sie über Bord. Man konnte hören, wie sie mit einem leisen Platsch im windstillen Meer versank.

Der gefangene Muskelprotz zerrte an seinen Fesseln und stieß einen Klagelaut aus, der uns erschaudern ließ. Es klang wie der Schrei eines verwundeten Tieres. Keine Frage, jetzt wussten wir, von wem das schreckliche Geheul stammte, das wir beim Entern des Frachters gehört hatten. Wir beschlossen, uns lieber wieder hinter das Rettungsboot zurückzuziehen.

»Kapiert ihr das?«, wunderte ich mich, nachdem wir uns die Plane über die Köpfe gezogen hatten.

»Die Puppe war bestimmt verhext«, flüsterte Boogie.

»So ein Quallenquatsch«, meinte Yuki. »Wenn ihr mich fragt, sind das stinknormale Seeräuber.«

»Meinst du?« Ich war nicht so überzeugt davon. »Und wie erklärst du dir dann die altmodischen Waffen und die merkwürdigen Klamotten? Moderne Piraten sehen anders aus. Irgendwas ist komisch an den Typen.«

Boogie stöhnte leise auf. »Mann, haben wir ein Pech! Und das alles nur wegen dieser blöden Fahne.« Er verdrehte die Augen. »Wären wir doch nur auf der *Albatros* geblieben!«

»Und was machen wir jetzt?«, fragte Yuki. Sie klang ziemlich mutlos. »Wir können uns nicht ewig hinter dem Rettungsboot verkriechen.«

»Wir sollten uns auf die Suche nach der Crew machen«, schlug ich vor. »Vielleicht finden wir den Kapitän des Schiffs. Irgendwo muss die richtige Besatzung ja sein.«

»Aber vorher suchen wir was zu futtern.« Timur rieb sich seinen knurrenden Magen. »Leute, ich brauch endlich was zwischen die Kiemen. Ehrlich. Sonst garantiere ich für nichts!«

Yuki, Boogie und ich sahen uns an. Wir wussten nicht, was bedrohlicher war: die brutalen Banditen oder Timurs leerer Bauch. Wenn mein Kumpel hungrig war, konnte er wirklich unberechenbar werden, und ich glaube, er war noch nie so hungrig gewesen wie jetzt. Schließlich hatten wir schon eine Ewigkeit nichts mehr getrunken und gegessen.

»Schweinebacke«, krächzte Zorro freudig, als wir endlich hinter dem Rettungsboot hervorkletterten. »Volle Kraft voraus!«

Wir fuhren erschrocken zusammen.

»Zorro!«, zischte Yuki. Sie drohte dem Ara mit erhobenem Zeigefinger. »Ab jetzt musst du unbedingt still sein, verstanden?«

»Sonst braten dich die Schurken in der Pfanne«, fügte Timur hinzu.

Der Papagei ruckte mit dem Kopf, als hätte er kapiert, was Black Jack meinte. Vielleicht war ihm aber auch nur das Blitzen in Timurs Augen unheimlich. Das bekam er immer, wenn er ans Essen dachte. Jedenfalls gab Zorro keinen Mucks mehr von sich, und wir suchten nach der nächstbesten Treppe, die unter Deck führte, um die Laderäume zu durchstöbern.

Die Frachträume im Bauch des Schiffs waren wirklich riesig. Man hatte das Gefühl, in einem gigantischen Kaufhaus zu sein. Die verpackten Waren stapelten sich bis unter die Decke. Kisten mit teurem Porzellan, Kartons mit Tausenden Armbanduhren und ganze Lastwagenladungen voller Matratzen. Außerdem gab es tonnenweise Werkzeug, riesige Stoffballen und Klamottenberge. Es gab alles, was das Herz begehrt, und das in wahnsinnigen Mengen. Nur etwas Essbares war weit und breit nicht zu finden.

Egal welche Kisten wir öffneten oder welchen Karton wir auch aufrissen, wir fanden einfach nichts zu futtern. Wir waren schon der Verzweiflung nahe, als wir ganz tief unten im Bauch des Frachters auf eine weitere Tür stießen. Wir mussten uns längst unterhalb der Wasserlinie befinden. Als wir die schwere Metalltür aufwuchteten, tat sich vor uns ein Schlaraffenland auf: Hinter der Tür befand sich ein Proviantraum. Und er war randvoll mit Orangensaftkisten und Früchtekonserven!

Wir zögerten nicht den Hauch einer Sekunde. Als Erstes machten wir uns über den Saft her. Wir konnten die Kartons nicht schnell genug aufreißen, so einen Durst hatten wir. Es war der köstlichste O-Saft unseres Lebens! Ungelogen! Selbst Zorro schlürfte einen ganzen Karton leer.

Danach bekämpften wir unseren nagenden Hunger. Ich reichte Timur unsere Geheimwaffe. Er nahm die magische Kugel und konzentrierte sich. Sekunden später fing er an zu zittern – jetzt war

seine Superkraft aktiviert. Unser Black Jack griff nach der erstbesten Konservendose und presste sie zusammen, bis der Deckel aufploppte. Dann setzte er die offene Dose an und leerte sie in einem Zug. Anschließend wischte er sich genüsslich über den tropfenden Mund. In der Dose waren frische Ananasstückchen.

Timur warf die leere Konservendose weg, nahm die nächste und presste sie ebenfalls zusammen. Danach reichte er die offene Dose an uns weiter. Das wiederholte er so lange, bis unsere Bäuche vor lauter Mango-, Papaya- und Ananasstücken zu platzen drohten.

Erschöpft ließen wir uns auf ein paar Kisten sinken. Wir waren so voll, dass wir uns kaum noch bewegen konnten. Es war ein fantastisches Gefühl. Und die Kühle im Schiffsbauch war nach der Affenhitze auf dem Floß die reinste Wohltat. Am liebsten hätten wir diesen überdimensionalen Kühlschrank nie wieder verlassen.

Aber das ging natürlich nicht, denn noch waren wir nicht in Sicherheit. Wir waren zwar vom Floß runter, doch dafür saßen wir jetzt auf einem Geisterfrachter fest. Zusammen mit einer Horde unheimlicher Banditen, mit denen offenbar nicht zu spaßen war.

»Wenn uns diese Typen da oben auf dem Achterdeck entdecken, peitschen sie uns bestimmt auch aus«, sagte Boogie.

»Lass diese Typen nur kommen!« Wenn Timur seine Wahnsinnskraft aktiviert hatte, fühlte er sich wie Superman höchstpersönlich.

Yuki schüttelte sich. »Igitt! Habt ihr die verfaulten Zähne dieser Kerle gesehen?«

»Eins steht fest: Wir müssen schnell von diesem Schiff runter«, meinte Boogie.

»Und wie willst du das anstellen?«, fragte Timur ihn. »Etwa schwimmen?«

»Ist doch ganz einfach«, entgegnete Boogie. »Wir schnappen uns den O-Saft und ein paar Konservendosen, dann hauen wir mit dem Rettungsboot ab. Ohne dass die Banditen etwas mitkriegen.«

Yuki drehte sich zu mir. »Was meinst du dazu?«

Ich zuckte zusammen, denn ich war mit meinen Gedanken ganz woanders.

»He, Käpt'n, was ist los mit dir?«, wollte Timur wissen.

Ich zögerte. »Also schön, wenn ihr's genau wissen wollt: Zwei Dinge gehen mir nicht mehr aus dem Kopf. Erstens: Wie kommen diese Typen überhaupt auf das Schiff? Wir haben nirgends ein anderes Boot gesehen. Und zweitens: Wo ist die richtige Besatzung? Wir hätten sie doch eigentlich längst finden müssen.«

»Du meinst, die Banditen haben sie ...« Yuki stockte und schluckte. Sie traute sich nicht, den Satz zu beenden. Aber das war auch gar nicht nötig. Wir wussten auch so, was sie meinte, und schwiegen betroffen. Was immer mit der ursprünglichen Besatzung geschehen war – wenn uns die Seeräuber an Bord des Frachters entdeckten, drohte uns das gleiche Schicksal. In diesem Punkt waren wir uns alle einig.

7

»SANTA CLARA! BITTE KOMMEN!«

Eigentlich war Boogies Plan, mit dem Rettungsboot zu fliehen, gar nicht so übel. Er hatte nur einen winzigen Haken: Was war, wenn uns die Flucht tatsächlich gelang? Dann würden wir wieder auf dem offenen Meer dümpeln, und niemand wusste, wo wir waren. Wer sollte uns dann retten?

Als ich dieses Problem offen ansprach, machte meine Crew lange Gesichter. So wie es aussah, hatten

wir die Wahl zwischen Pest und Cholera: Entweder gingen wir auf offener See verloren, oder wir liefen Gefahr, dem Knochenbart und seiner Banditenbande in die Hände zu fallen.

»Vielleicht gibt es doch eine Lösung«, überlegte ich laut. »Auf diesem Frachter muss es doch wie auf jedem Schiff ein Funkgerät geben, oder? Also müssen wir der Küstenwache nur unsere genaue Position durchgeben, bevor wir mit dem Rettungsboot türmen.«

»Das ist die Lösung!« Timur war begeistert. »Dann kann uns die Küstenwache finden und rausfischen.«

»Und diese fiesen Typen kann sie auch gleich hoppnehmen«, fügte Yuki grimmig hinzu.

»Alles schön und gut«, sagte Boogie. »Aber wer von uns sucht das Funkgerät? Wir können nicht alle gehen. Das wäre viel zu auffällig.«

Sofort drehten alle die Köpfe in meine Richtung. Einschließlich Zorro.

»Okay, okay, hab schon verstanden.« Ich stand langsam auf und klopfte mir den Staub von meiner Jacke. »Ich gehe. Wenn es auf diesem verfluchten Schiff ein Funkgerät gibt, werde ich es finden. Verlasst euch drauf!«

Dann packte mich Timur am Arm. »Soll ich nicht doch lieber mitkommen?«

Ich schüttelte den Kopf. »Besser nicht. Die Kugel

wirkt nur bei einem, schon vergessen? Aber keine Sorge: Niemand wird mich zu Gesicht bekommen.«

Dann nahm ich unsere Geheimwaffe und versuchte mich zu konzentrieren. Ich stellte mir vor, wie ich mich in Luft auflöste und unsichtbar wurde. Die außerirdische Kugel erwärmte sich so schnell, dass sie kurz darauf in meiner Hand glühte. Dann spürte ich in den Zehen ein seltsames Kribbeln. Es kroch meine Beine hinauf und nur Sekunden später durchflutete es meinen ganzen Körper. Bis in die Haarspitzen.

Inzwischen war mir die ganze Prozedur so vertraut wie frühstücken. Als ich vollständig unsichtbar war, schlug ich den Kragen meiner Jacke hoch. Nun trat Kid, das unfassbare Phantom der Meere, in Aktion!

Wir hatten keine Zeit zu verlieren, deshalb machte ich mich sofort auf den Weg. Die Funkanlage befand sich vermutlich in der Nähe der Brücke. Unsichtbar wie ein Geist schlich ich durch die riesigen Frachträume, dann stieg ich Metalltreppe um Metalltreppe nach oben. Dabei kam ich an der Kombüse und der Messe vorbei, in der die Matrosen normalerweise ihre Mahlzeiten einnahmen. Sie war hell erleuchtet, und auf den orangefarbenen, fest verschraubten Plastiktischen standen noch halb volle Becher. Es machte ganz den Eindruck, als hätten die Seeleute Hals über Kopf die Flucht ergriffen.

Mit klopfendem Herzen setzte ich meinen Weg fort. Auf dem nächsten Zwischendeck konnte ich durch ein Bullauge das Meer sehen. Offenbar befand ich mich jetzt im zweiten Stock des Deckshauses. Als ich dem schmalen Gang auf Zehenspitzen weiter folgte, kam ich an den Kabinen der Seeleute vorbei. Einige der Türen standen offen, aber nirgendwo waren

Matrosen zu sehen. Zum Glück galt das Gleiche für die Banditen. Bislang war ich noch keinem dieser unheimlichen Typen begegnet. Trotzdem drehte ich mich ständig um. Dass ich unsichtbar war, bedeutete schließlich nicht, dass nicht plötzlich einer dieser Schurken hinter mir auftauchen konnte.

Kurz darauf stand ich vor einer Tür mit der Aufschrift »Funkraum«. Am liebsten hätte ich vor Freude einen Tarzanschrei losgelassen, aber den verkniff ich mir dann doch lieber. Stattdessen schlüpfte ich leise durch die Tür. Der Funkraum entpuppte sich als winzige Kammer mit einem noch winzigeren Bullauge. Alles war mit elektronischen Geräten vollgestopft, nur an einer Wand befand sich ein kleiner Klapptisch. Auf ihm war ein Mikrofon befestigt, daneben lagen ein Kopfhörer und ein Schreibblock.

Als ich den Block neugierig in die Hand nahm, lief es mir eiskalt über den Rücken. Auf der ersten Seite standen nur vier Worte:

»SOS! ÜBERFALL! HELFT UN…«

Der letzte Buchstabe endete in einem zittrigen Strich, der bis an den unteren Rand des Blattes reichte. Der Funker hatte also im letzten Moment versucht,

einen Notruf abzusetzen, aber dann war er unterbrochen worden. Was war geschehen?

Ich starrte auf die vielen Knöpfe vor mir. Ich hatte keinen blassen Schimmer, wie so eine Funkanlage funktionierte. Jetzt wünschte ich mir, Timur wäre hier. Oder unser neunmalkluger Professor. Die beiden hätten bestimmt gewusst, wie man so ein Gerät in Gang bekommt.

Mit einem Mal spürte ich die Last der Verantwortung auf meinen Schultern. Sie wog mindestens hundert Tonnen. Alles hing davon ab, dass ich jetzt keinen Mist baute. Meine Crew zählte auf mich. Ich durfte sie nicht enttäuschen. Also legte ich einfach einen der vielen Schalter um. Ich entschied mich für den, der am größten war. Und tatsächlich: Die Anlage erwachte summend zum Leben. Zuerst ging die Beleuchtung an, dann sprangen die Zeiger auf den Skalen in Position, wo sie zitternd verharrten. Ich rieb mir die unsichtbaren Hände. Jetzt kamen wir der Sache schon näher!

Als Nächstes fummelte ich an einem besonders breiten Drehknopf herum. Ich vermutete, dass man damit verschiedene Frequenzen einstellen konnte. Und anscheinend lag ich damit richtig, denn mit einem Mal dröhnte eine Stimme aus dem Lautsprecher:

»SANTA CLARA! BITTE KOMMEN! SANTA CLARA, HÖREN SIE MICH?«

Die knarzige Blechstimme quäkte so laut, dass ich erschrocken zusammenfuhr und panisch nach dem Lautstärkeregler suchte. Als ich ihn endlich fand, drehte ich hastig leiser.

»Hier Küstenwache! Santa Clara, bitte melden!« Diesmal war die Funkstimme nicht lauter als ein Flüstern.

Ich stutzte. Santa Clara? Na klar! So hieß doch das Schiff, auf dem ich mich befand! Demnach hatte es der Funker doch noch geschafft, seinen SOS-Ruf abzuschicken, bevor er spurlos verschwand. Das hieß, dass die Küstenwache bereits nach dem Frachter suchte!

Unsere Rettung war ganz nah, nur einen Knopf entfernt! Fieberhaft tastete ich das Tischmikrofon nach der Sprechtaste ab, um der Küstenwache zu antworten. Ich hatte die Taste gerade gefunden, als ich einen Lufthauch in meinem Nacken verspürte. Ich wirbelte herum und erstarrte zu einer unsichtbaren Salzsäule: Hinter mir stand der fette Seeräuber mit dem Enterbeil!

Der Koloss hatte den Raum betreten, ohne dass ich es bemerkt hatte, und sah sich jetzt misstrauisch um. Als das Funkgerät erneut losquakte, hob er sein Enterbeil und schlug zu. Ich konnte mich gerade noch wegducken, da sauste die schwere Klinge auch schon an meiner unsichtbaren Schulter vorbei. Sie verfehlte mich nur um Haaresbreite und krachte mitten in den Lautsprecher. Die rettende Stimme verstummte sofort.

»Teufelszeug!«, grunzte der Fleischberg. Er spuckte zufrieden aus, dann schlug er erneut zu. Diesmal traf seine Axt das Mikrofon. Funken sprühten, und die Metallsplitter schossen quer durch den Raum. Ich kauerte mich schutzsuchend unter den kleinen Klapptisch und betete, dass mich der Koloss nicht entdeckte. Ich saß in der Falle. Unsichtbar oder nicht – der Fleischklops versperrte mir den Weg.

Zu allem Unglück spürte ich nun auch noch das vertraute Kribbeln. Mir stockte der Atem, denn ich wusste sofort, was das zu bedeuten hatte: Die Wirkung der magischen Kugel ließ allmählich nach. Gleich würde ich wieder sichtbar werden. Ausgerechnet jetzt!

Ich versuchte verzweifelt, mein Sichtbarwerden irgendwie zu stoppen. Ich konzentrierte mich, aber natürlich funktionierte das nicht. Die Wirkung der magischen Kugel hielt nur eine halbe Stunde an. Warum das so war, wussten wir nicht. Aber heute war es nicht anders. Ich hatte das Zeitlimit überschritten, ohne es zu merken, und wurde nun Stück für Stück wieder sichtbar. Genau zu Füßen des Dicken mit dem Enterbeil. Ich kauerte unter dem winzigen Tisch und machte mich so klein wie möglich. Zuerst dachte ich, der Koloss würde mich vielleicht nicht bemerken. Er war fast schon zur Tür raus, als er sich noch einmal umdrehte. Und mich sofort entdeckte.

»Hoh«, machte er nur. Dann packte er mich, zog mich unter dem Tisch hervor und hob mich mit seinen Pranken in die Höhe. Sie waren größer als ein Paar Haifischflossen.

»Lass mich runter, du Ungeheuer!«, schrie ich. Ich war bereit, meine Haut so teuer wie möglich zu verkaufen, und strampelte wie wild. Aber den glatzköpfigen Banditen schien das nicht sonderlich zu beeindrucken. Stattdessen musterte er mich neugierig von allen Seiten.

Ich rechnete jeden Moment

damit, dass mich das Schwabbelmonster zwischen seinen riesigen Pranken zerquetschte, doch nichts dergleichen geschah. Der Koloss kratzte sich lediglich seinen kahlen Schädel und sah sich verwundert im Funkraum um. Er schien sich noch immer zu fragen, woher ich auf einmal gekommen war.

Ich schlug verzweifelt um mich und versuchte ihm zu entwischen, aber die riesigen Hände hielten mich wie ein Schraubstock umklammert. Schließlich warf mich der Koloss wie ein Sack über seine nackte Schulter und trug mich weg. Offenbar war ich jetzt seine Beute.

Das war mein Ende! Und nicht nur das: Was immer der Fleischklops mit mir vorhatte – als Kapitän hatte ich auf ganzer Linie versagt. Ich hatte mich erwischen lassen, und dies bedeutete wiederum, dass ich meine Crew, die tief unten im Bauch des Schiffs auf mich wartete, nicht mehr retten konnte. Sie war jetzt auf sich allein gestellt, denn zu allem Unglück hatte ich auch noch die magische Kugel in der Tasche. Mit anderen Worten: Meine Freunde waren verloren – genau wie ich!

8

DIE GRÖSSTE NIETE ALLER ZEITEN

Der dicke Glatzkopf schleppte mich schnurstracks auf die Brücke. Jegliche Gegenwehr war zwecklos, er war einfach zu stark. Dann ließ er mich plötzlich fallen, und ich knallte mit dem Kopf voran auf den Boden.

»Aua, das hat wehgetan!«, schimpfte ich und rieb mir die Nase. Sie fühlte sich an wie ein explodiertes Pulverfass.

Der Koloss packte mich am Kragen meiner Jacke und stellte mich unsanft wieder auf die Füße.

Und wem stand ich da von Angesicht zu Angesicht gegenüber? Dem fiesen Zwerg mit dem Knochenbart und den Silberpistolen.

Auch die anderen Seeräuber waren auf der Brücke des Frachters versammelt: die tätowierte Bohnenstange, der einäugige Kerl mit der hässlichen Narbe und der schwarze Junge. Nur der gefesselte Muskelprotz fehlte.

Die Typen glotzten mich an, als wäre ich vom Himmel gefallen. Vor allem der schwarze Junge machte große Augen. Doch bevor ich Blickkontakt mit ihm aufnehmen konnte, kam schon der Zwerg auf mich zu und pikste mir mit seinem beringten Finger in die Brust. Ich schluckte.

»Guter Fang!«, sagte er an den Fleischklops gewandt. »Offenbar gibt es hier ein ganzes Nest davon. Also, wie bei den anderen: ein Fünftel für dich, der Rest für mich.«

»Aber den hier hab ich allein gefangen«, protestierte der Dicke. »Da steht mir die Hälfte vom Verkaufserlös zu!«

Totenkopf und Knochenbein! Jetzt stritten sich diese brutalen Banditen auch noch über ihren Anteil! Als wäre ich eine Kuh oder ein lahmes Pferd! Das war entschieden zu viel. Ein Käpt'n Kid lässt sich nicht verkaufen. Niemals!

Doch dann blitzte der Zwerg mit dem feuerroten Bart den Riesen herausfordernd an und legte die Hände auf die silbernen Griffe seiner Pistolen. Dies schien den Koloss ordentlich einzuschüchtern. Und mich auch.

»Aye, aye«, murmelte er deshalb nur.

Der Knirps nahm daraufhin wieder die Hände von seinen Pistolen und nickte zufrieden. Dann beugte er sich über eine vergilbte Pergamentkarte, die auf dem Navigationstisch lag.

Ich nutzte den Moment und fixierte unauffällig die Tür, die von der Brücke führte. Als sich die anderen auch über die vergilbte Karte beugten, sprintete ich los. Ich war richtig schnell, aber leider nicht schnell genug.

Bevor ich die Tür erreichen konnte, hatte mich das Narbengesicht auch schon am Ärmel gepackt. Er bewegte sich geschmeidiger als eine Raubkatze und hielt mich mit eisernem Griff. Der Blick seines gesunden Auges durchbohrte mich. Dann schleuderte mich das Narbengesicht mit voller Wucht gegen das große Panoramafenster der Brücke. Dabei passierte etwas, was nie hätte passieren dürfen: Mir fiel die magische Kugel aus der Tasche. Sie plumpste auf den Boden und kullerte dem Knochenbart direkt vor die staubigen Schnallenschuhe. Ich wagte nicht, mich zu rühren. Mit der Fußspitze kickte der Zwerg vorsichtig gegen die glänzende Kugel. Schließlich bückte er sich und hob sie neugierig auf. Er betrachtete sie von allen Seiten und prüfte ihr Gewicht. Er schien enttäuscht, weil sie weder aus Gold noch aus Silber

bestand, und warf sie deshalb achtlos auf den Tisch mit der alten Karte.

Das war so ziemliche das Letzte, was ich mitbekam. Denn der Fleischklops packte mich erneut und schleppte mich fort. Diesmal brachte er mich unter Deck, wo er eine Metalltür entriegelte und mich in einen stockfinsteren Raum schubste. Danach verschloss er die Tür wieder, und ich saß fest.

Um mich herum war alles pechschwarz. Wo war ich? Vorsichtig streckte ich meinen Arm aus. Und ertastete etwas.

Es fühlte sich warm und lebendig an. Ich zuckte sofort zurück, gleichzeitig zerriss ein schriller Schrei die Dunkelheit. Jemand trat mit Füßen nach mir: »Hau ab, du Schurke! Geh weg!«

Yuki! Ich erkannte ihre Stimme sofort. Niemand sonst konnte so schreien wie sie.

»Yuki, ich bin's!«, rief ich, während ich mich bemühte, Yukis Tritten in der Dunkelheit auszuweichen. »Das tut weh! Hör auf!«

Es kamen keine weiteren Fußtritte mehr. Dafür wurde es absolut still.

»Lars?«, hörte ich Yuki überrascht fragen. »Bist du das?« Sie war ganz nah.

»Wer denn sonst?«, fauchte ich mit zusammengebissenen Zähnen. Einer von ihren Tritten hatte mich voll an der Hand erwischt.

»Mann, bin ich froh«, seufzte plötzlich jemand in der Dunkelheit. Es war ohne Zweifel Boogie.

In diesem Augenblick meldete sich auch Timur irgendwo in der Finsternis zu Wort. »Hey, Käpt'n, wir dachten schon, wir würden dich nie wiedersehen!« Es raschelte, dann spürte ich seine Hand auf meinem Arm. »Gut, dass du da bist!«

»Habt ihr Zorro auch dabei?«, fragte ich besorgt in die Runde.

»Keine Sorge«, meinte Yuki. Sie musste ganz dicht neben mir stehen, denn als sie den Kopf drehte, kitzelte mich ihr Pferdeschwanz in der Nase. »Zorro ist auch hier«, sagte sie.

»Schweinebacke!« Wie zur Bestätigung krächzte der Papagei irgendwo im Dunkeln. Mir fiel ein Stein vom Herzen. Wenigstens waren meine Freunde und der Ara noch am Leben!

»Was ist passiert?«, fragte ich meine Crew. »Ihr solltet doch im Proviantraum auf mich warten.«

»Kaum warst du weg, haben uns zwei der Kerle erwischt«, sagte Boogie. Wo sein Gesicht war, konnte ich nur erahnen. »Ich glaube, sie hatten Hunger und wollten was zu essen holen.«

»Wir haben nur eine Sekunde lang nicht aufgepasst«, sagte Timur. Er klang ziemlich stinkig. »Der Einäugige und der Typ mit dem Degen standen ganz plötzlich vor uns. Die sind wirklich leise, sag ich dir!«

»Ja, wir haben überhaupt nichts gehört«, bestätigte Yuki. »Danach haben sie uns hier eingesperrt.« Sie hörte sich nervös und ängstlich an. »Aber was ist mit dir?«, fragte sie mich. »Hast du Hilfe geholt?«

Bevor ich darauf antworten konnte, legte Timur schon los: »Genau, worauf warten wir? Diese Typen gehen mir langsam auf den Keks. Ich breche jetzt die Tür auf, dann türmen wir mit dem Rettungsboot. Also lass die Kugel rüberwachsen!«

Davor hatte ich mich die ganze Zeit gefürchtet. Doch meine Crew hatte ein Recht zu wissen, woran sie war. »Ich … ich habe die Kugel nicht mehr …«, stotterte ich kleinlaut. »Der Knochenbart hat sie.«

»Waaaas?«, riefen alle drei entgeistert.

»Die Wirkung der Kugel hat zu früh nachgelassen«,

stammelte ich zur Entschuldigung. Das war natürlich Quatsch. Ich hätte eben besser aufpassen müssen. Ich wusste ja, dass die Kugel nicht ewig wirkt. Ich hatte es einfach verbockt.

»Und was ist mit der Küstenwache?«, fragte Yuki.

»Das ist die einzige gute Nachricht. Den Funkraum habe ich gefunden, und nach dem Frachter wird bereits gesucht. Allerdings weiß die Küstenwache nicht, wo wir sind. Bevor ich unsere Position durchgeben konnte, stand der Dicke mit dem Enterbeil hinter mir.«

Meine Freunde schwiegen entsetzt. Sie wussten offenbar nicht, was sie sagen sollten, und ich konnte es ihnen nicht mal verübeln. Ohne unsere Geheimwaffe waren wir den brutalen Banditen hilflos ausgeliefert, und was noch viel schlimmer war: Die Seeräuber waren auch noch im Besitz von Superkräften! Und das nur, weil ich nicht aufgepasst hatte. Von nun an war ich Käpt'n Kid, die größte Niete aller Zeiten.

Netterweise ritten meine Freunde auf meiner Pleite nicht weiter herum. Sie hielten einfach ihren Mund und machten sich im Dunklen so ihre Gedanken. Die vermutlich nicht besonders rosig waren.

Während wir alle noch missmutig in unsere Gedanken versunken waren, hörten wir, wie der Riegel zu unserem finsteren Verlies leise zurückgezogen wurde. Wir hielten den Atem an. Die Tür wurde einen Spaltbreit geöffnet, und jemand huschte zu uns hinein. Dann wurde die Tür geschlossen, und es war wieder so finster wie in einem Grab.

Ob es uns jetzt an den Kragen ging? Aber sollten diese Banditen nur kommen! Wir würden uns zu wehren wissen – auch ohne unsere Superkräfte. Doch es kam alles ganz anders. In der Finsternis flammte ein Streichholz auf, und wir erkannten, wer der unbekannte Besucher war: Es war der schwarze Junge vom Deck!

Er kramte einen Kerzenstummel aus seiner verdreckten Hose und entzündete ihn mit dem brennenden Streichholz. Danach stellte er die Kerze auf den Boden und lehnte sich an die Wand. Er sagte nichts, sondern starrte uns nur an. Einen nach dem anderen. Boogie schaute er besonders lange an.

Was hatte der Kerl bloß mit uns vor? Sein Gesicht war ebenso schmutzig wie seine nackten Füße, und seine krausen Haare bildeten bereits filzige Dreadlocks. Auf einmal zog der Junge so laut die Nase hoch, dass die Schlingenschleim, unsere Klassenlehrerin, bestimmt in Ohnmacht gefallen wäre. Dann holte er tief Luft und sagte: »Ich brauche eure Hilfe!«

Mehr nicht.

9

JEREMY

Der Junge schniefte erneut derart heftig, dass die Kerzenflamme hektisch flackerte. Wir waren total platt. Was sollte das denn jetzt? Wenn jemand Hilfe brauchte, dann waren das doch wohl wir!

Plötzlich flog Zorro zu dem fremden Jungen und hockte sich neben ihn. Der Ara schien überhaupt keine Angst vor ihm zu haben. Stattdessen stupste er den fremden Jungen neugierig mit dem Schnabel an.

»Wer bist du?«, wagte Yuki sich schließlich vor, als sie sah, wie der Junge lächelte und Zorros Nackenfedern tätschelte. »Jeremy«, sagte er kurz angebunden.

»Jeremy!?«, fragte ich misstrauisch. »Ist das dein Name?«

Statt einer Antwort zog der schwarze Junge eine

Steinschleuder hinter seinem Rücken hervor, kramte einen Kieselstein aus seiner Hosentasche und zielte in eine dunkle Ecke. Als er losließ, quiekte es erbärmlich. Eine fette Ratte flitzte durch unsere Beine und suchte erschrocken das Weite. Wir hatten sie im Kerzenschein gar nicht bemerkt.

Obwohl es ein Superschuss war, steckte der Junge die Schleuder so lässig wieder ein, als hätte er schon Tausende Ratten erledigt. Er schniefte kurz, dann fuhr er achselzuckend fort. »Na ja, eigentlich heiße ich Jeremy José William Fernández. Aber meine Freunde nennen mich meist Jerry.«

»Will... willst du uns jetzt abschießen?«, stotterte Boogie. Er blieb sicherheitshalber auf Abstand. Auch Timur und ich trauten dem Braten nicht. Der Junge konnte wirklich verflixt gut mit seiner Schleuder umgehen.

»Pass bloß auf!«, drohte Timur dem Meisterschützen. »Ich hab keine Angst vor dir! Wenn du einen von uns anfasst, gibt's Ärger, kapiert?«

»Genau!« Ich stellte mich neben Timur. »Das Gleiche gilt für den rotbärtigen Zwerg und deine anderen Freunde. Wir können uns wehren!«

Der barfüßige Junge glotzte uns nur an. Dann lachte er schallend los. Timur und ich kamen uns in diesem Moment ziemlich dämlich vor.

»Aye, das war gut!«, japste Jeremy, nachdem er wieder Luft bekam. »Ihr habt wirklich Mut. Das muss man euch lassen. Wer seid ihr überhaupt?«

Er sah uns neugierig an und wartete auf eine Antwort. Wir waren noch immer völlig verwirrt, und es dauerte eine Weile, bis wir unsere Sprache wiedergefunden hatten. Aber dann stellten wir uns der Reihe nach vor.

»Also ich bin Käpt'n Kid«, sagte ich. Dann zeigte ich auf Timur. »Und der da mit dem Kopftuch ist Black Jack.«

Timur nickte und tippte sich lässig an die Stirn. »Hallo!«

Boogie warf sich daraufhin sofort in Positur. »Und ich bin Sir Francis«, erklärte er mit stolz geschwellter Brust. »Aber wenn es dir lieber ist, kannst du auch Boogie zu mir sagen. So nennen mich alle.«

Yuki streckte Jeremy ihre Hand entgegen. »Und mich nennt man die Wilde Yuki«, sagte sie. »Freut mich, dich kennenzulernen! Wir vier sind die Hafenpiraten, und ein übler Orkan hat unser Piratenfloß aufs Meer hinausgeweht. Und dann dachten wir, dieser Kahn hier wäre unsere Rettung. Aber da lagen wir wohl falsch.«

Jeremy ergriff Yukis Hand und schüttelte sie.

»Ich bin froh, dass euch der Sturm hierhergebracht

hat«, sagte er. »Ihr braucht wirklich keine Angst vor mir zu haben. Ich bin weder ein Mörder noch ein Menschenhändler. Und die anderen sind auch nicht meine Freunde. Damit das mal klar ist!«

Jeremy spuckte angewidert zwischen seine Füße.

»Du meinst, du gehörst nicht zu denen da oben an Deck?«, fragte ich erstaunt. »Bist du etwa auch ein Gefangener? So wie wir?«

Jeremy druckste herum. »Nein, das nicht«, sagte er schließlich. »Ich gehöre Antigua. Er ist mein Besitzer.«

»Antigua? Besitzer?« Timur verstand nur Bahnhof.

»Er meint sicher den Zwerg mit den Schnallenschuhen«, flüsterte ihm Yuki schnell zu.

»Aye«, bestätigte Jeremy. »Er hat mich auf dem Markt gekauft.«

Gekauft? Auf dem Markt? Menschen kann man nicht auf Märkten kaufen! So langsam wurde das Ganze immer undurchsichtiger. Woher kamen diese Piratentypen? Und weshalb trugen sie eigentlich so altmodische Klamotten und Waffen? Auf einmal kam mir ein unglaublicher Verdacht.

»Sag mal«, fragte ich Jeremy. »Wie alt bist du eigentlich?«

»Ungefähr zwölf«, sagte er. »Wieso?«

»Und in welchem Jahr bist du geboren?«

Jeremy schaute auf seine schmutzigen Fingernägel. So als wäre er schwer verlegen. Dann machte er eine wegwerfende Handbewegung. »Ach, wen interessiert das schon! In dem Jahr, in dem Calico Jack am Galgen baumelte, war ich jedenfalls schon acht.«

Yuki, Timur und mir sagte das nichts. Nur Boogie, unser oberschlaues Geschichtslexikon, wusste sofort Bescheid.

»Er meint sicher Jack Rackham, den berühmten Piraten«, klärte er uns auf. »Calico Jack war sein Spitzname. Nachdem man ihn gefangen hatte, wurde er an einem eigens für ihn gebauten Galgen gehenkt. Soweit ich mich erinnere, war das auf Jamaika. Das ist eine Insel in der Karibik …«

Boogie verstummte abrupt. Er nahm seine kaputte Brille von der Nase und begann sie im Kerzenlicht vorsichtig zu putzen.

»Ja und?«, drängte ihn Yuki ungeduldig. »Was weiter?«

»Nichts weiter.« Boogie setzte die Brille wieder auf und sah Jeremy durchdringend an. »Allerdings starb Calico Jack laut Geschichtsbuch im Jahr 1720. Das war vor fast dreihundert Jahren!«

Unsere blöden Gesichter könnt ihr euch sicher vorstellen! Da lehnte ein Junge an der Wand, der behauptete, er sei vor ungefähr dreihundert Jahren geboren worden! Das war selbst für Piraten wie uns ein Hammer. Wir brannten natürlich vor Neugier und löcherten Jeremy mit Fragen. Wir gaben nicht eher nach, bis er uns alles erklärte. Es war eine unglaubliche Geschichte.

Jeremy erzählte uns, dass der Zwerg und seine Bande finstere Strandräuber waren, die eigentlich in der Karibik des 18. Jahrhunderts lebten. Doch mithilfe einer Sternkarte waren sie in der Lage, durch die Zeit zu reisen, um Schiffe zu überfallen und sie in ihre eigene Epoche zu entführen.

»Ich glaub, ich spinne«, sagte Timur. »Die wollen den Frachter klauen. Stellt euch das mal vor: ein ganzes Schiff voll mit Sachen, die es in der Vergangenheit noch gar nicht gibt!«

»Das wird die Bande bestimmt steinreich machen«, fügte Yuki hinzu.

»Mehr als das«, sagte Jeremy düster. »Mit dem Gold will sich Antigua Zuckerrohrplantagen und Hunderte von Sklaven kaufen. Dann kann er endlich Vizekönig werden. Davon träumt er schon lange.«

»Ich glaube, ich habe diese Sternkarte schon gesehen.« Nachdenklich rieb ich mir das Kinn. »Vorhin auf der Brücke. Sie war aus Pergament, und überall waren lauter komische Zeichen eingezeichnet.«

Jeremy nickte. »Das ist sie. Antigua hütet die Karte wie seinen Augapfel.«

»Cool!« Timur war begeistert. »Und mit dem Ding kann man durch die Zeit reisen? Wo bekommt man so was?«

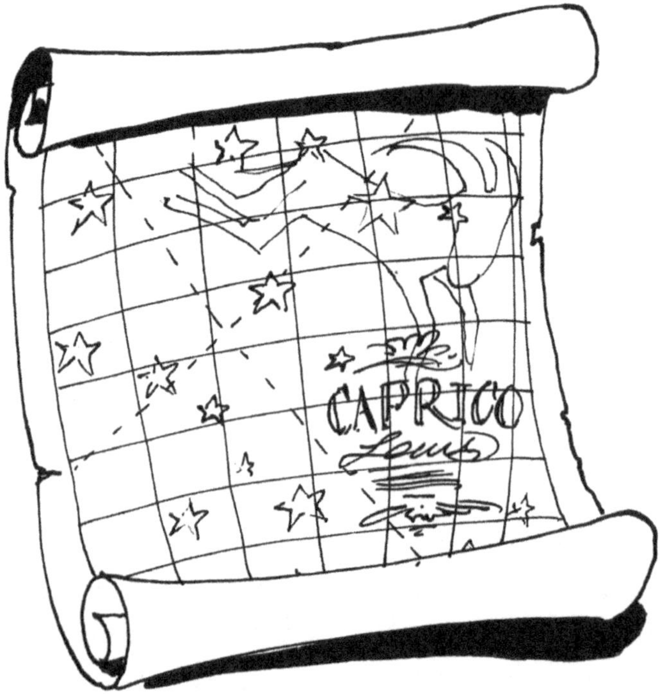

»Antigua und die anderen haben die Karte bei einem Überfall auf die Kutsche des Gouverneurs erbeutet«, berichtete Jeremy. »Sie stammt von einem weltberühmten Pariser Astronomen. Seinen Namen habe ich leider vergessen.«

»Und wie funktioniert diese, äh, Sternkarte?«, wollte Boogie wissen. Der Wissenschaftler in ihm war natürlich sofort hellwach.

Jeremy zuckte mit den Achseln. »Das weiß ich nicht genau. Leider kann ich weder lesen noch schreiben. Aber ich glaube, auf ihr sind die Stellen eingezeichnet, an denen man durch die Zeit springen kann. An welchem Ort sie auftreten und zu welcher Stunde. Jedenfalls 'ne Menge Kram, von dem ich nichts verstehe.«

Mit einem Mal hielt Jeremy inne. Er sah Boogie neugierig an. »Kommst du eigentlich auch aus Afrika?«

Boogie antwortete nicht. Stattdessen senkte er verlegen den Kopf und tat so, als habe er Jeremys Frage nicht gehört. Wir Hafenpiraten wussten ja, wie wenig er dieses Thema mochte. Wahrscheinlich dachte er jetzt wieder an die geplante Ferienreise zu seiner echten Mutter. Ob die wirklich stattfinden würde, stand allerdings momentan noch in den Sternen.

Jeremy hingegen schien Boogies Reaktion nicht zu

kümmern. Freimütig erzählte er uns, dass er von der Westküste Afrikas stammte. Aber eines Tages wurde er von Sklavenjägern gefangen und auf einem Schiff in die Karibik verschleppt. Dort wurde er dann auf dem Sklavenmarkt an einen Plantagenbesitzer verkauft, der ihn wiederum beim Kartenspiel an seinen jetzigen Besitzer verlor – Antigua.

»Das verstößt ja gegen alle Menschenrechte!«, empörte sich Boogie. »War der gefesselte Mann, den sie ausgepeitscht haben, etwa auch ein Sklave?«

»Ihr habt das vorhin mitbekommen?«, Jeremy war überrascht. Dann schüttelte er den Kopf und schniefte. »Nein, das war Big Bill, mein Freund. Die anderen haben ihn bestraft und dann eingesperrt, weil er die Besatzung des Frachters hat abhauen lassen. Mit einem Rettungsboot.«

»Die Besatzung ist geflohen?«, fragte ich erstaunt.

Jeremy konnte sich das Grinsen nicht verkneifen. »Aye. Als wir aufgetaucht sind, haben der Kapitän und seine Leute gedacht, wir wären Gespenster. Ihr hättet mal sehen sollen, wie schnell die davongepullt sind!«

Dass wir mit diesen brutalen Banditen allein auf dem Frachter waren, war keine gute Nachricht. Die Hilfe des Kapitäns und der Seeleute hätten wir gut gebrauchen können. Aber so war das nun mal mit den Erwachsenen: Wenn man sie brauchte, waren sie meist nicht da.

»Und was sollte das mit der Holzfigur?«, wollte Yuki wissen. »Warum hat Antigua sie vor den Augen deines Freundes zerbrochen und ins Meer geschmissen?«

»Ja«, sagte Timur. »Das war ganz schön gruselig, wie der geheult hat.«

»Die Holzpuppe gehörte Big Bills Tochter«, erklärte uns Jeremy. Er wurde zornig. »Big Bill ist taub, deshalb spricht er nicht wirklich. Seine Tochter ist vor vielen Jahren an der Cholera gestorben. Da war sie ein kleines Kind. Die Puppe war das Einzige, was Big Bill noch von ihr besaß, und er hat sie gehütet wie einen Schatz.«

»So was Gemeines«, schimpfte Yuki.

»Antigua ist der gemeinste und hinterhältigste Zwerg aller Zeiten!« Jeremy ballte die Faust so fest, dass die Knöchel seiner schwarzen Hand beinahe weiß wurden. »Ich schwöre euch: Ich werde meinen Freund rächen! Big Bill ist der Einzige, der immer freundlich zu mir war und mich beschützt hat!«

»Ah, und was wird jetzt aus uns?«, erkundigte sich Boogie zaghaft. »Weißt du, was diese Banditen mit uns vorhaben?«

Jeremy schien sich über die Frage unseres Professors ernsthaft zu wundern. »Ihr werdet verkauft, was denn sonst?«, sagte er, während er Zorro kraulte. »Mal sehen ... ihr seid jung, gesund und nicht auf den Kopf gefallen – schätze, jeder von euch bringt der Bande auf dem Sklavenmarkt mindestens eine Golddublone. Prima Geschäft!«

»Aber Sklaverei ist doch verboten!«, protestierte Yuki. Sie war fassungslos. »Man darf Menschen nicht einfach verkaufen!«

Jeremy schüttelte verbittert den Kopf. »In eurer Zeit vielleicht – in meiner nicht. Ich garantiere euch: Ihr werdet versteigert, und dann müsst ihr für euren neuen Herrn auf den Zuckerrohrfeldern schuften. Von morgens bis abends.«

»Pah, das wollen wir ja mal sehen!«, knurrte Timur.

»Dann wirst du nichts zu essen kriegen.« Jeremy schien zu wissen, wovon er redete. »Sie werden dich so lange hungern lassen, bis du gehorchst. Oder sie peitschen dich gleich aus.«

Na klasse, das waren wirklich tolle Aussichten! Wenn es uns nicht gelang, bald von diesem Frachter runterzukommen, waren wir verloren.

»Sag mal, warum treiben wir eigentlich die ganze Zeit über auf der Stelle?«, wollte Boogie plötzlich von Jeremy wissen.

»Yepp.« Timur schaute finster in die Runde. »Ohne die gestoppten Maschinen hätten wir diesen verfluchten Pott nie eingeholt.«

Jeremy zuckte mit den Achseln. »Antigua wartet darauf, dass es wieder losgeht.«

»Was losgeht?«, hakte Yuki misstrauisch nach.

»Na, dass sich das Zeitloch wieder öffnet«, erklärte Jeremy seelenruhig.

Ich schoss hoch. »Du meinst, es entsteht genau hier?«

Jeremy nickte stumm.

»Und … und wann ist es so weit?«, stotterte Boogie.

»Wir warten nur noch auf den Sonnenuntergang«, sagte Jeremy. »Dann springen wir in unsere Zeit zurück.«

Timur, Boogie, Yuki und ich waren vor Entsetzen wie gelähmt. Auch Zorro schien zu spüren, was Jeremys Worte bedeuteten. Bis die Sonne unterging, dauerte es vielleicht noch ein paar Stunden. Höchstens! Dann würde der gekaperte Frachter mit uns an Bord auf Nimmerwiedersehen in der Vergangenheit verschwinden. Niemand würde jemals erfahren, was aus uns geworden war!

10

PIRATEN SIND FREI!

Wir standen total unter Schock. Jeremy saß einfach nur da, zog zum tausendsten Mal die Nase hoch, und wir hockten tatenlos daneben. Vielleicht war er vom ständigen Zeitlochspringen ja dauererkältet.

Wenn ich Idiot doch nur die Kugel nicht verloren hätte! Dann würden wir zumindest unsere Superkräfte aktivieren können und uns wehren. Aber so sah ich keinen Ausweg. Wir waren geliefert. Wir würden unsere Familien, unsere Freunde und Lehrer niemals wiedersehen. Auch Zorro würde den alten Hafenwärter Paulsen nicht mehr ärgern können. Die unbesiegbaren Hafenpiraten würden in wenigen Stunden in der Vergangenheit verloren gehen.

Timur, Boogie und Yuki hatten wohl ähnliche Gedanken. Jedenfalls wirkten sie genauso niedergeschlagen wie ich.

»Hört mal, noch ist es nicht zu spät«, munterte uns Jeremy auf. »Ich bin nicht ohne Grund gekommen. Ich will euch ein Geschäft vorschlagen.«

»Ein Geschäft?«, fragte ich ungläubig.

»Na ja, eher einen Pakt«, korrigierte sich Jeremy. »Ihr helft mir, meinen Freund Big Bill zu befreien, und ich helfe euch, rechtzeitig vom Schiff zu fliehen.« Jeremy streckte seine schmutzige Hand aus. »Abgemacht?«

Wenn man schon eine Chance hat, muss man sie wenigstens nutzen. Fand ich zumindest. Also ergriff ich Jeremys ausgestreckte Hand. »Fliehen hört sich immer gut an. Ich bin dabei.«

»Ich auch«, sagte Boogie schnell.

»Yepp«, meinte Timur. »Versuchen können wir es ja.«

Yuki schloss sich der Meinung von uns Jungs ausnahmsweise einmal an. »Sei unbesorgt«, versicherte sie Jeremy. »Wir helfen dir!«

»Hast du schon einen Plan?«, wollte ich von unserem neuen Verbündeten wissen.

Jeremy druckste herum, dann machte er eine entschuldigende Geste. »Ehrlich gesagt nicht. Ich wollte erst gucken, ob man auf euch zählen kann.«

Oh Mann, das konnte ja was werden! Da war ein gemeingefährlicher Zwerg, der uns in ein paar Stunden in die Vergangenheit verschleppen und als Sklaven verkaufen wollte, und wir hatten nicht mal einen Plan!

»Wir brauchen unsere Geheimwaffe«, entschied ich. »Ohne die Kugel haben wir überhaupt keine Chance gegen diese Typen. Was meint ihr?«

»Was für eine Geheimwaffe?«, fragte Jeremy.

»Ach, nichts weiter«, sagte Yuki. »Nur so eine kleine Kugel. Sie ist, äh, unser Talisman. Mehr nicht.«

»Talisman?«, wunderte sich Jeremy. Seine Neugier war geweckt. Er sah mich an. »Etwa das kleine, runde Ding, das dir Antigua auf der Brücke abgenommen hat?«

»Ja«, sagte ich hastig. »Weißt du etwa, wo es ist?«

»Glaub schon«, erwiderte Jeremy. »Antigua hat die Kugel in seinen Bart geflochten. Als Trophäe, denke ich. So macht er es immer.«

»In seinen Bart?« Wir konnten es nicht glauben. Unsere Geheimwaffe schmückte jetzt den Bart eines kriminellen Zwergs, der durch die Zeit reiste und Schiffe klaute!

Plötzlich hörten wir draußen auf dem Gang Schritte. Dann brüllte jemand los: »Jeremy, du kleiner nichtsnutziger Teufel! Wo steckst du? Verflucht noch mal!«

»Psst.« Jeremy zog sofort den Kopf ein. »Seid bloß still! Das ist Nando. Vor dem müsst ihr euch in Acht nehmen: Er sieht mit seinem einen Auge mehr als jeder andere mit zweien!« Er pustete die Kerze aus und huschte zur Tür. »Ich muss jetzt los.«

»Wohin willst du?«, fragte Boogie besorgt. »Wir haben nicht mehr viel Zeit! Bestimmt geht draußen bald die Sonne unter.«

»Keine Sorge, ich hole euch rechtzeitig hier raus«, beruhigte uns Jeremy. »Vertraut mir!«

Dann schlüpfte er hinaus, und wir waren mit der Dunkelheit wieder allein.

Keine Frage, wir saßen mächtig in der Patsche. Wenn es blöd lief, schufteten wir bald auf irgendwelchen moskitoverseuchten Zuckerrohrfeldern. Deshalb mussten wir den bevorstehenden Zeitsprung um jeden Preis verhindern – oder aber den verfluchten Frachter rechtzeitig verlassen. Aber wie sollten wir das anstellen?

Hinzu kam, dass es jetzt nicht nur um unsere eigene Haut ging. Wir mussten irgendwie einen Weg finden, um auch Jeremy zu helfen. Schließlich konnten wir ihn und seinen tauben Freund nicht einfach im Stich lassen.

Timur, Boogie, Yuki und ich wollten gerade einen Piratenrat einberufen, da flog die Tür mit einem Krachen gegen die Wand. Dann flammte das Deckenlicht auf, und die plötzliche Helligkeit machte uns fast blind. Trotzdem konnten wir unschwer erkennen, wer uns diesmal besuchen kam: In der offenen Tür stand die Bohnenstange mit dem Degen.

»Los, mitkommen!«, befahl er barsch. Als wir nicht gleich reagierten, zog er seinen Degen und fuchtelte mit der Spitze gefährlich nah vor unseren Nasen herum. »Na, wird's bald! Oder soll ich euch Beine machen?«

Wir sprangen sofort auf. Der Typ machte den Eindruck, als sei mit ihm ganz und gar nicht zu spaßen. Er trieb uns mit seinem Degen vor sich her, bis wir schließlich in der Kapitänskajüte ankamen.

Antigua hatte es sich in den privaten Gemächern des Kapitäns bequem gemacht. Er lümmelte mit seinen Schnallenschuhen in der Koje, sein dreieckiger Hut lag neben ihm auf einem Hocker. Die Bohnenstange schubste uns in die Kajüte, und der Zwerg winkte uns mit einer herrischen Geste zu sich.

Als wir in Reih und Glied vor ihm standen, sprang sie uns direkt ins Auge: die magische Kugel! Jeremy hatte recht behalten. Unsere Geheimwaffe hing tatsächlich im struppigen Bart des Zwergs. Genau zwischen zwei kleinen Knochen. Sie war zum Greifen nah und doch unerreichbar für uns.

»Hier sind sie!«, erklärte der Dünne. »Die bringen uns bestimmt einen schönen Batzen Gold.«

Antigua musterte uns. Dann gähnte er und deutete auf mich: »Ich will die Jacke!«, sagte er.

»Niemals!« Ich schüttelte den Kopf. Gleichzeitig atmete ich ganz tief ein und versuchte, so cool wie möglich zu bleiben. Jeder, der mich kennt, weiß, dass mir die Jacke heilig ist. Sie ist ein Andenken an meine Mutter. Meine Mutter war nämlich Schauspielerin, und sie hatte mir die Jacke, nur wenige Wochen bevor sie mit dem Flugzeug abgestürzt war, geschenkt.

Antigua schien über meine Weigerung überrascht zu sein. Dann verschränkte er seine Arme im Nacken und nickte der Bohnenstange gelangweilt zu. Der Typ packte mich sofort am Schlafittchen.

Ich schlug um mich's und schrie und tobte. Aber es nützte nichts. Ehe ich mich's versah, hatte mir die Bohnenstange die Jacke vom Leib gerissen und sie Antigua zugeworfen. Der Zwerg erhob sich von der Koje und probierte die Jacke gleich an. Sie passte perfekt.

»Na, Diego, wie findest du mich?« Antigua drehte sich vor dem kleinen Spiegel über dem Waschbecken.

»Sieht gut aus, Sire«, schleimte die Bohnenstange. »Wie 'n richtiger Käpt'n.«

Die Vorstellung schien Antigua zu gefallen. »Vielleicht sollte ich doch keine Zuckerrohrplantage kaufen, sondern ein Schiff. Dann werde ich nicht Vizekönig, sondern ein gefürchteter Piratenkapitän«, scherzte der eitle Zwerg.

»Um richtige Piraten zu sein, seid ihr Strauchdiebe doch viel zu blöd!« Timur konnte seine Klappe einfach nicht halten.

»Stimmt«, schob Yuki sofort hinterher. »Außerdem handeln richtige Piraten nicht mit Sklaven. Piraten sind frei!«

»Was versteht ihr schon davon, ihr elenden Wichte?«, zischte Antigua wütend und schoss auf uns zu. Er schien kurz davor zu sein, uns windelweich zu prügeln. Im letzten Moment hielt er jedoch inne, als hätte er es sich anders überlegt. Er strich sich langsam durch seinen Bart, woraufhin unsere magische Kugel leise gegen die winzigen Knochen klimperte. »Wir wollen doch nicht, dass die Ware einen Kratzer bekommt, oder?« Er musterte uns von oben bis unten. Dabei grinste er gemeiner als ein Haifisch. »Also warum die Dinge überstürzen? Bald sind wir zu Hause, und wenn wir erst einmal zurück sind, werdet ihr kleinen Lumpen schon lernen, wer hier den Ton angibt. Aber jetzt haben ich und meine Männer Hunger!« Antigua tippte mir zum zweiten Mal an diesem Tag mit seinem fetten Ringfinger gegen die Brust. »Ab in die Kombüse und lasst euch was einfallen. Und wehe, es schmeckt nicht! Dann geht einer von euch über Bord!«

Damit war die Audienz offenbar beendet. Antigua wedelte gelangweilt mit der Hand, so als wollte er lästige Fliegen verscheuchen. »Schaff sie weg!«, befahl er der Bohnenstange.

»Aye, aye!« Diego gehorchte wie ein dressierter Affe. »Los, marsch!«, schnauzte er uns an. Als ich zögerte, weil ich nicht ohne meine Jacke gehen wollte, zog er seinen nadelspitzen Degen und pikste mir damit in den Hintern.

»Au, was soll das!«, schrie ich und machte einen Satz nach vorn. Dann hielt ich meine Klappe. Dieser gemeingefährliche Zwerg und seine Strandräuberbande waren zu allem fähig. So viel hatten wir mittlerweile kapiert.

11

DIABOLO SPECIAL

Die Bohnenstange trieb uns mit seinem Degen nach unten in die Kombüse des Frachters, wo Jeremy bereits schuftete. Als Zorro ihn sah, flog er sofort zu ihm hin, um ihn zu begrüßen. Auch Jeremys Freund war da. Der Riese saß vor einem gigantischen Berg Kartoffeln und schälte. Sein nackter Rücken war mit Peitschenstriemen übersät, und er wirkte wie ein Häufchen Elend.

»Was soll denn der Quatsch?«, sagte ich, sobald Diego weg war. »So viele Kartoffeln isst doch kein Mensch!«

Der Muskelberg beachtete mich nicht. Er schälte weiter. Hatte ich etwas Falsches gesagt?

»Big Bill ist doch taub«, raunte mir Jeremy zu. »Und das Kartoffelschälen ist eine Strafe. Eine weitere von Antiguas Gemeinheiten.«

»Aber warum wehrt er sich nicht?«, wunderte ich mich. Jeremys tauber Freund hätte den Rest der Bande mit links erledigen können. Noch nie hatte ich jemanden mit so vielen Muskeln gesehen.

»Weil sie ihm gedroht haben, mich ebenfalls auszupeitschen, wenn er nicht tut, was sie sagen«, sagte Jeremy. »Wo ist denn deine Jacke?«, fragte er dann überrascht.

»Antigua«, murmelte ich. Mehr brauchte ich Jeremy nicht zu erklären. Er wusste sofort, was Sache war.

»Hey, Leute, lasst uns lieber 'ne Fliege machen«, sagte Timur. Er sah sich in der schmutzigen Kombüse um. »Jetzt oder nie! Oder kann etwa einer von euch kochen? Ich nämlich nicht.«

Boogie stöhnte. »Meint ihr, die werfen wirklich einen von uns über Bord?«

»Abwarten«, sagte Yuki. »Wir halten einfach zusammen. Wie immer!«

Ob das diesmal reichte? So sicher war ich mir da nicht. Die anderen hatten offenbar noch gar nicht bemerkt, dass die Sonne nicht mehr weit vom Horizont entfernt war. Bald würde das Zeitloch aufreißen, und dann waren wir für immer Geschichte.

Was wir jetzt brauchten, war eine zündende Idee. Außerdem wollte ich meine Jacke zurück. Ohne sie fühlte ich mich nackt.

»Hört mal her!« Ich versuchte, meiner Stimme einen festen Klang zu geben. »Mir ist da gerade ein Gedanke gekommen: Die wollen doch, dass wir ihnen etwas Leckeres auftischen, oder? Warum tun wir ihnen diesen Gefallen dann nicht einfach?«

Meine Crew und Jeremy sahen mich verständnislos an. Selbst Zorro guckte, als hätte ich nicht alle Tassen im Schrank.

»Überlegt doch mal«, fuhr ich unbeirrt fort. »Das ist doch die Gelegenheit: Wir tischen diesen Banditen etwas auf, was sie wirklich umhaut.«

»Genau! Das ist es!«, jubelte Yuki so laut, dass ich fast rot wurde. »Und danach schnappen wir uns das Rettungsboot und fahren nach Hause. Also manchmal bist du fast so genial wie Boogie!«

Auch Timur und Boogie ging endlich ein Licht auf. »Am besten wäre eine Suppe«, meinte unser Professor. Er war begeistert.

»Yepp.« Timur grinste. »Eine so scharfe Suppe, dass sie selbst ein Walross umhauen würde.«

Auch Jeremy war überzeugt von meiner Idee. Ich meine, etwas Besseres fiel uns im Moment sowieso nicht ein. Deshalb legten wir sofort los. Zuerst stellten wir einen großen Topf mit Wasser auf den Herd, dann warfen wir alles hinein, von dem wir auch nur im Entferntesten annahmen, es könnte irgendwie scharf sein.

Darunter befanden sich drei Bündel getrocknete Chilischoten, die Jeremy in der prall gefüllten Vorratskammer der Kombüse entdeckt hatte; drei Dosen Paprikapulver, die wir ebenfalls dort fanden; vier Tuben extrascharfer Senf, anderthalb Säckchen Pfeffer und ein ganzer Eimer indische Currypaste der Marke »Diabolo Delhi Special«. Auf dem Deckel war ein kleiner Feuer speiender Teufel abgebildet, was wir überaus vielversprechend fanden.

Anschließend fügten wir noch ein paar von Zorros Federn hinzu, die er uns zu unserer Überraschung unaufgefordert zur Verfügung stellte, und verfeinerten das Ganze mit ein paar Schaufeln Salz und einem kräftigen Schuss Maschinenöl. Dann rührten wir alles sorgfältig um und ließen es erst einmal gut durchkochen.

Während unser Süppchen friedlich vor sich hin

brodelte, ging ich zu dem Bullauge und blickte durch das schmierige Glas hinaus auf das endlose Meer. Die Zeit lief uns davon. Die Sonne würde bald den Horizont berühren.

»Kann ich dich mal was fragen?«, hörte ich es plötzlich flüstern. Es war Boogie, der es sich mit Jeremy in der Vorratskammer auf zwei Kisten bequem gemacht hatte.

»Du bist doch an der Westküste Afrikas aufgewachsen«, flüsterte Sir Francis. »Wie ist es da?«

»Du warst noch nie dort?« Jeremy schien überrascht. Er schniefte. »Ich dachte, du kommst auch daher.«

»Tue ich auch.« Boogie spielte verlegen mit seinen Fingern. »Aber ich war noch ein Baby, als ich nach Deutschland kam. Seitdem bin ich nie wieder da gewesen.«

»Das ist schade«, sagte Jeremy. »Ich träume jede Nacht von meiner Heimat. Von der Savanne, dem Dschungel, den Tieren. Und von meinen Eltern.«

»Wie sind afrikanische Eltern denn so?«, wollte Boogie leise wissen.

»Schätze, so wie alle Eltern«, erwiderte Jeremy. »Vielleicht sogar ein bisschen netter. Besonders die Mütter.«

»Ach ja?«, horchte Boogie auf. »Ich habe jetzt eine

neue Mutter. Die ist auch sehr nett!« Er wurde nachdenklich. »Vermisst du deine Eltern sehr?«, fragte er Jeremy nach einer Weile.

»Natürlich! Und meine Brüder auch. Ich habe nämlich fünf davon, weißt du?« Jeremy hob stolz die Hand mit den abgezählten Fingern. Es waren nur vier. Offenbar hatte er nie Rechnen gelernt. Wie auch? In der unbarmherzigen Epoche, in der er lebte, schickte man Sklavenjungen ganz sicher nicht zur Schule.

»Sobald ich wieder in meiner Zeit bin, werde ich abhauen und zusammen mit Big Bill einen Afrikafahrer anheuern. Dann werde ich in mein Dorf zurückkehren. Du kannst ja mitkommen, wenn du willst«, schlug Jeremy Sir Francis vor. Gleichzeitig sprang er von der Kiste und ballte zornig die Faust. »Aber bevor ich nach Hause zurückkehre, habe ich noch etwas zu erledigen: Ich werde nämlich alle Sklaven in meiner Zeit befreien! Das schwöre ich!«

Zur Bestätigung seines Schwurs spuckte er auf den Boden. Dieses ständige Spucken war wirklich gewöhnungsbedürftig, selbst für einen gestandenen Piraten. In unserer Zeit hätte ihm diese Angewohnheit unter Garantie einen Mordsärger mit den Erwachsenen eingebrockt. Andererseits, in der Welt, in der er lebte, war Spucken vielleicht das Einzige, was ein Sklavenjunge ungestraft tun konnte. Jedenfalls ließ unser neuer Gefährte keinen Zweifel an seiner Entschlossenheit.

Ich sah zu seinem Freund hinüber. Big Bill schälte weiterhin seine Kartoffeln und schien nichts von dem wahrzunehmen, was um ihn herum geschah. Es war, als hätte er sich in seine eigene Welt zurückgezogen. Was Jeremy und Big Bill wohl miteinander verband?

»Hey, alle herkommen! Die Suppe ist fertig!«, rief Yuki plötzlich quer durch die Kombüse. Sie stand auf einem umgedrehten Gemüsekorb und rührte mit einem Monsterkochlöffel in dem großen Topf. Mit der anderen Hand hielt sie sich die Nase zu. Als wir näher kamen, wussten wir warum.

»Puh, das riecht wie die Pest und tausend tote Fische!« Timur zog eine Grimasse und hielt sich ebenfalls schnell die Nase zu. »Da kann einem ja der Appetit vergehen!«

Auch Jeremy und Boogie linsten neugierig in den brodelnden Topf, woraufhin die Brille unseres Professors sofort beschlug. Dass die Gläser wegen der scheußlichen Dämpfe nicht sofort zersprangen, wunderte mich. Die blubbernde Suppe stank wirklich bestialisch. Und noch ekelhafter war ihre Konsistenz. Es war irgendetwas zwischen Hafenmatsch und frischer Fischkotze. Wir waren mächtig stolz auf unser Werk. Unsere Spezialsuppe war uns piratenmäßig gut gelungen!

»Kleine Kostprobe gefällig?«, scherzte ich.

Jeremy winkte hastig ab. »Da bleibe ich lieber hungrig.«

Als auch die anderen dankend verzichteten, verschloss ich den Topf mit einem Deckel. Dann schleppten wir ihn mit vereinten Kräften auf die Brücke. Wir konnten nur beten, dass unser Plan aufging und unsere Supersuppe ihren Zweck erfüllte. Eine zweite Chance würden wir nicht bekommen.

Auf der Brücke wurden wir bereits ungeduldig erwartet. Der Dicke mit dem Enterbeil, die Bohnenstange, die Diego hieß, Nando, der Kerl mit der Narbe – sie alle waren versammelt. Die Banditen hatten offensichtlich Hunger.

Nur Antigua, ihr Anführer, war beschäftigt. Er studierte konzentriert die alte Pergamentkarte, während sein roter Bart über die Tischplatte schleifte. Meine Jacke hatte er achtlos neben sich über einen der festgeschraubten Stühle geschmissen.

Ich wollte mich sofort auf sie stürzen, doch Timur

hielt mich unauffällig zurück. Er war mein bester Kumpel, er wusste, was in mir vorging. Aber er hatte natürlich recht: Ohne unsere Superkräfte hatten wir gegen diese Typen aus der Vergangenheit nicht den Hauch einer Chance.

Nachdem wir den dampfenden Topf auf dem Boden abgestellt hatten, rollte Antigua die Sternkarte sorgfältig zusammen und legte sie zur Seite.

»Ich hoffe, ihr wisst schon, wer von euch gleich über die Planke geht«, sagte er zu uns.

»Hoho«, lachte der Fleischklops. Sein schwabbeliger Bauch wogte hin und her. »Hoffentlich können die kleinen Piraten auch schwimmen!«

Die Bohnenstange lupfte den Deckel und linste in den Topf. Was er sah, schien ihm nicht sonderlich zu gefallen.

»Nur eine Suppe?«, maulte Diego. Dann deutete er auf Zorro: »Ein gebratener Papagei wäre mir lieber!«

Der Einäugige sagte keinen Ton. Der Mann war mir total unheimlich. Er starrte uns mit seinem einen Auge an, als wollte er uns am liebsten sofort ins Meer werfen.

»Also los, worauf wartet ihr?«, herrschte uns Antigua an. »Wir haben Hunger!«

Hektisch begann Jeremy damit, unsere Suppe in die mitgebrachten Schüsseln zu füllen. Dann verteilten wir sie mit ziemlich weichen Knien an die Banditen.

Die hungrige Bande machte sich, ohne zu zögern, über die Suppe her. Sie schlürften und schmatzten so laut, dass einem das Trommelfell wehtat. Aber gepflegte Tischmanieren konnte man von geächteten Strandräubern aus dem 18. Jahrhundert wahrscheinlich nicht erwarten.

Wir standen daneben und hielten den Atem an. Nichts passierte. Und je länger nichts passierte, desto mehr kamen wir ins Schwitzen. Es war nicht zu fassen: Wir hatten gedacht, die Typen würden umkippen oder zumindest schreiend über Bord springen. Aber nichts dergleichen. Die Bande haute rein, als wär's eine Tütensuppe aus dem Supermarkt! Wir glaubten einfach nicht, was wir da sahen. Plötzlich rülpste der Dicke so heftig, dass die Fensterscheiben der Brücke klirrten. Dann leckte er genüsslich seine Schüssel aus. »Mmh, das war gut! Gibt's noch Nachschlag?«

Während er das sagte, hielt er uns seine saubergeleckte Schüssel hin. Beim Klabautermann, das war unser Ende! Offenbar waren Strandräuber aus der Vergangenheit kulinarisch nicht gerade verwöhnt und hatten Mägen aus Stahl. Jedenfalls ging mein genialer Plan sauber daneben.

Draußen auf dem Meer war die Sonne bereits fast

zur Hälfte hinter dem Horizont verschwunden. Ihre letzten Strahlen tauchten die Brücke des Frachters in ein orangerotes Licht. Ich kniff die Augen zusammen: Wenn mich nicht alles täuschte, begann die Luft direkt vor dem Bug des Schiffes zu flirren. Ganz leicht nur, aber doch erkennbar. Kein Zweifel, das Zeitloch öffnete sich! Jetzt gab es keine Möglichkeit mehr, es zu stoppen.

Auf einmal ging Yuki auf Antigua zu und stellte sich direkt vor ihn. »Soll ich euch mal einen Trick zeigen?«, fragte sie. »So was gibt es in eurer Welt bestimmt nicht!«

Wir Jungs waren mindestens ebenso verdutzt wie der Zwerg. Was sollte *das* denn?

»Wir haben keine Zeit für Kindereien«, entgegnete Antigua gereizt. Er stellte seine Schüssel auf den Tisch und putzte seine Finger an meiner Jacke ab. Sofort spürte ich Timurs Hand auf meinem Arm.

»Lass sie doch«, warf die Bohnenstange mit dem Degen ein. »Bis zum Zeitsprung dauert es noch ein Weilchen.«

»Mmh«, grunzte der Fleischklops mit vollem Mund, während er gierig die zweite Schüssel in sich hineinlöffelte.

»Für den Trick brauche ich aber das da.« Yuki deutete auf die magische Kugel, die in Antiguas Bart hing. »Ohne das Ding funktioniert es nicht.«

»Gib ihr doch, was sie will, Sire«, schmatzte der dicke Glatzkopf. »Ein bisschen – mampf – Spaß muss sein!«

Antigua griff in seinen Bart und spielte unschlüssig mit den winzigen Knochen. Dann zeigte er sich gnädig. Er band die Kugel los und reichte sie Yuki.

»Vielen Dank, Sire!« Yuki knickste. Es war der hinterhältigste Knicks, den wir jemals gesehen hatten. Kaum hatte Yuki die Kugel in der Hand, schloss sie die Augen, und ein Zittern durchlief ihren Körper. Als sie die Augen wieder öffnete, hatte sie ihre Supergeschwindigkeit aktiviert. Sie stemmte ihre Fäuste in die Seite und sah Antigua herausfordernd an.

»Und«, sagte der gelangweilt. »Wo ist der Trick?«

»Vorsicht! Die Kleine nimmt uns auf den Arm!«, warnte der Einäugige seine Spießgesellen.

Yuki ließ sich nicht beirren. Sie stand ganz ruhig da. »Versuch doch mal, mich damit zu treffen«, forderte sie die Bohnenstange auf. Dabei zeigte sie lässig auf den spitzen Degen an seiner Seite. »Ich wette, das schaffst du nie!«

Diego nahm Blickkontakt mit seinem Anführer auf, und als Antigua gleichgültig die Hand hob, zog er blank.

»Also schön, wenn du darauf bestehst«, sagte er zu Yuki. Dabei bog er seinen Degen angeberisch hin und her. »Du hast es nicht anders gewollt!«

Dann stach er zu. Zuerst nicht fest und nicht sehr schnell, doch als der Typ merkte, dass er unsere Steuerfrau nicht erwischen würde, stach er immer wütender zu. Aber er hatte keine Chance. Yuki wich der tödlichen Degenspitze jedes Mal geschickt aus. Dabei bewegte sie sich so schnell, dass es so aussah, als wäre sie an mehreren Stellen gleichzeitig. Den Banditen musste das wie Hexerei vorkommen.

»Bleib stehen«, keuchte Diego, während er wie wild mit seinem Degen in der Gegend herumfuchtelte. Er schwitzte bereits, aber Yuki lachte nur und wich seinen blindwütigen Hieben immer wieder geschickt aus. Sie spielte mit dem gefährlichen Banditen Katz und Maus.

Das ging eine ganze Weile so, dann tat unsere Steuerfrau etwas, mit dem niemand von uns gerechnet hatte. Weder die Verbrecher noch wir selbst. Yuki schnappte sich die Sternkarte, die zusammengerollt auf dem Navigationstisch lag, und flitzte damit von der Brücke.

12

DAS ZEITLOCH

Yukis Abgang überrumpelte uns alle. Bis die Banditen geschnallt hatten, was passiert war, dauerte es ein paar Sekunden. Aber dann brach die Hölle los.

»Die Karte!«, schrie Antigua. »Lasst sie nicht entkommen! Wir brauchen die Karte!«

Seine Männer stolperten durcheinander und stürzten zur Tür. Sie rannten hinter Yuki her. Antigua folgte ihnen laut fluchend auf dem Fuß.

Kaum waren die Banditen weg, stürzte ich mich auf meine Jacke und schlüpfte in Windeseile hinein. Endlich! Nie wieder würde ich zulassen, dass jemand meine Kapitänsjacke anzog. Das schwor ich meiner Mutter im Himmel.

»Hoffentlich lässt sich Yuki nicht fangen«, sagte Jeremy besorgt. »Sie ist doch nur ein Mädchen.«

»Nur ein Mädchen?«, lachte ich, während wir zur

Tür rannten, um Yuki zu helfen. »Da kennst du unsere Steuerfrau aber schlecht!«

»Yuki lässt sich von niemandem fangen«, meinte Boogie.

»Stimmt«, ergänzte Timur. »Selbst wir haben keine Chance.«

Als wir auf den Gang hinausliefen, waren Yuki und die Banditen längst verschwunden. Weil wir nicht wussten, wohin sie gerannt waren, beschlossen wir, uns aufzuteilen. Jeremy und Boogie sollten mit Zorro nach links gehen, Timur und ich nach rechts.

Also sausten Timur und ich los, aber schon nach wenigen Metern standen wir vor einem Problem: Es wog mindestens hundertfünfzig Kilo und hatte ein scharfes Enterbeil in der Hand.

Der glatzköpfige Dicke hatte die Verfolgung aufgegeben und war schnaufend zurückgekehrt. Als Timur und ich um die Ecke bogen, rannten wir voll in ihn rein. Der Fleischklops füllte den engen Gang fast komplett aus, und zu allem Unglück schaltete er überraschend schnell.

Mit einer geschickten Drehung quetschte er Timur und mich mit seinem Wanst gegen die Wand. Wir bekamen kaum noch Luft und zappelten wie verrückt. Uns wurde bereits schwindelig, da ließ der Druck auf einmal nach. Das Gesicht des Dicken wurde von einer Sekunde zur anderen grün, gleichzeitig gab er schreckliche Geräusche von sich. Er pupste und rülpste so laut wie ein Dampfschiff unter Volllast.

Dann sank der Vielfraß stöhnend zu Boden. Zumindest bei einem der Banditen hatte unsere Suppe also doch noch eine durchschlagende Wirkung entfaltet!

In diesem Moment kamen Boogie und Jeremy den Gang entlanggerannt. Die abscheulichen Geräusche des Banditen hatten sie alarmiert.

»Alles klar?«, fragte Sir Francis besorgt. »Wir dachten, das Schiff wäre explodiert!«

»Das wäre es fast auch«, röchelte ich und schnappte mit Timur im Duett nach Luft.

»Yepp«, hustete der und zeigte auf den friedlich schnarchenden Fleischklops. »Manche Leute essen einfach zu viel!«

»Wir müssen Yuki suchen«, ermahnte uns Jeremy. »Wenn Antigua sie in die Finger bekommt, ist sie dran. So wütend habe ich ihn noch nie gesehen.«

In diesem Moment fegte ein heftiger Windstoß durch den Gang, und Yuki stand neben uns. Die Pergamentkarte klemmte unter ihrem Arm.

»Schnell«, sagte sie, während sie Timur hastig die magische Kugel gab. »Dieser Diego ist mir dicht auf den Fersen.«

Timur nahm die Kugel und aktivierte seine Superkraft, indem er sich konzentrierte. Gerade noch rechtzeitig, denn kaum hatte Timur seine Augen wieder geöffnet, bog die Bohnenstange auch schon um die Ecke.

Als er uns und seinen schnarchenden Kameraden entdeckte, blieb er wie vom Blitz getroffen stehen. Dann steckte er seinen Degen weg und spuckte in die Hände. Offenbar wollte er uns schnappen und dann Antigua den Rest überlassen. Das war ein unverzeihlicher Fehler.

Timur sah seelenruhig zu, wie sich Diego näherte. Dann rammte er ihm die geballte Faust voll in den Magen. So fest er konnte. Die Bohnenstange riss die Augen auf und schnappte nach Luft, dann klappte er wie ein Klappmesser zusammen.

Jeremy staunte nicht schlecht. An seinem Gesicht konnte man ablesen, dass er Timur zu gerne gefragt hätte, wie er das gemacht hatte. Aber er verkniff sich seine Frage. Stattdessen half er mir, Diego den Degen wegzunehmen und ihn mit einem Tau zu fesseln.

»Und was machen wir jetzt mit ihm?«, fragte Yuki, nachdem wir fertig waren.

»Gute Frage. Hier liegt außerdem noch einer.« Boogie beugte sich über den Dicken. Er schlummerte noch immer tief und fest. Seine Gesichtsfarbe hatte allerdings gewechselt. Sie war inzwischen eher lila, was vielleicht an Zorros Federn und dem Maschinenöl lag.

»Ich hab eine Idee«, sagte ich. »Wir bringen die beiden an Deck und sperren sie in einen der Container ein.«

»Und was soll das bringen?«, fragte Yuki skeptisch.

»Jetzt frag nicht lange«, erwiderte ich. »Für Erklärungen ist keine Zeit. Also los, packt mit an!«

Damit meinte ich alle, und so schleiften wir die beiden Banditen gemeinsam an Deck. Dort schlossen wir sie in einen der rostigen Container ein, die mittschiffs zwischen den Kränen vertäut waren. Natürlich hätten wir das ohne Timurs Superkraft niemals geschafft. Mit seiner Power war es jedoch ein Kinderspiel. Plötzlich stieß mir Yuki ihren Ellbogen in die Rippen.

»Pssst!«, zischte sie. »Ich hab was gehört! Lasst uns in Deckung gehen!«

Wir verdrückten uns blitzschnell zwischen den zerbeulten Containern. Gerade noch rechtzeitig, denn schon tauchten Antigua und das einäugige Narbengesicht auf.

»Irgendwo muss dieses kleine Miststück doch stecken«, schnaubte Antigua. Er sah sich auf dem leeren Deck um. »Wir brauchen die Karte, um kurz vor dem Sprung die richtigen Koordinaten zu berechnen. Sonst landen wir irgendwo in der Steinzeit.«

»Aye«, hörten wir den Einäugigen sagen. »Viel Zeit bleibt uns nicht mehr!« Er deutete zur Bugspitze, wo sich winzige Blitze über dem Wasser entluden. Die Luft flirrte, und das eben noch ruhige Meer geriet in

Wallung. Gleichzeitig schien es hinter einem blauen, undurchsichtigen Schleier zu verschwimmen. Auch Antigua war besorgt.

»Wir müssen uns beeilen, los!«, drängte er. »Wir müssen die Göre und die Karte finden. Außerdem will ich diese Zauberkugel!«

»Ich habe dich ja vor der Kleinen gewarnt«, brummte der Einäugige. »Ich sage dir: Wir kennen uns in dieser Zeit nicht aus! Oder hast du etwa schon mal Kinder gesehen, die wie Piraten aussehen? Wie kommen die überhaupt auf dieses Schiff? Ich habe alles durchsucht, nachdem uns der Kapitän und die Besatzung entwischt sind. Da war niemand mehr an Bord!«

»Vielleicht haben sie sich im Laderaum versteckt«, entgegnete Antigua unwirsch. »Jedenfalls will ich ihre Zauberkugel! Also halt den Mund und lass uns weitersuchen. Am besten, wir trennen uns: Du suchst hier oben und ich unter Deck.«

Antigua verschwand über eine Treppe nach unten, während der Einäugige unschlüssig herumstand. Wir quetschten uns zwischen die Container, und ich hielt Zorro vorsichtshalber den Schnabel zu. Doch leider war das Problem diesmal nicht unser vorlauter Ara, sondern unser neuer Gefährte. Jeremy musste nämlich auf einmal laut niesen.

Nando fuhr sofort herum. Sein langes Messer schien ihm förmlich in die Hand zu fliegen. »Kommt da raus«, befahl er uns. »Sofort!«

Wir hatten keine andere Wahl. Jeremy, Timur, Boogie und ich kamen zwischen den Containern hervor. Einer nach dem anderen. Am Schluss folgte Yuki mit der Sternkarte. Aber der Einäugige schien gar nicht an der Karte interessiert zu sein. Anscheinend hatte er beschlossen, mit uns sofort kurzen Prozess zu machen.

Timurs Superpower war zwar noch aktiv, doch gegen das gezückte Messer war auch er machtlos. Also sahen wir unserem baldigen Ende entgegen.

Doch dann erschienen plötzlich zwei muskulöse Arme. Sie umschlangen den Einäugigen von hinten und hoben ihn in die Höhe. Sein Messer fiel klirrend zu Boden.

»Big Bill!«, rief Jeremy freudig aus.

Sein tauber Freund war endlich wieder aus seiner Trauer erwacht. Jetzt kam er uns im letzten Moment zu Hilfe. Big Bill packte Nando, öffnete den Container, in den wir bereits seine Kollegen eingesperrt hatten, und warf ihn hinein. Dann löste er die Befestigungen und hievte den Container allein mit seiner Muskelkraft über Bord.

Die rostige Blechkiste fiel mit einem dumpfen Klatschen ins Meer und trieb langsam auf das Zeitloch zu. Wir konnten hören, wie die eingeschlossenen Banditen von innen mit ihren Fäusten gegen die Stahlwände hämmerten.

Jeremy fiel Big Bill um den Hals. »Ich wusste, dass du mich nicht im Stich lässt!«, sagte er.

»Ach ja?«, tönte eine Stimme hinter uns. Wir fuhren allesamt herum und blickten in den Lauf zweier alter, mit Silber beschlagener Pistolen.

»Her mit der Karte!«, befahl Antigua. Dabei ließ er Big Bill keinen Moment aus den Augen.

»Gib sie ihm lieber«, sagte ich zu Yuki, als sie sich nicht rührte. Mürrisch trat Yuki vor und warf Antigua die Karte hin.

»Und jetzt will ich diese Kugel haben«, befahl uns Antigua. »Wer von euch hat sie?«

Unwillkürlich schloss sich meine Hand fester um die Kugel, und ich dachte fieberhaft über einen Ausweg nach. Timur hatte mir die Kugel zurückgegeben, jetzt hätte ich mich kinderleicht unsichtbar machen können. Aber das würde nur mich retten. Plötzlich riss mir Jeremy die Kugel aus der Hand.

»Hier ist sie!«, schrie er Antigua an. Gleichzeitig hielt er ihm unsere Geheimwaffe unter die Nase. »Wenn du sie haben willst, musst du sie dir holen!«

Dann stopfte er die Kugel in seine Hosentasche und kletterte wieselflink auf einen der Ladekräne. Es schien so, als wollte sich Jeremy für uns opfern, indem er versuchte, Antigua von uns wegzulocken. Doch der dachte gar nicht daran, ihm nachzuklettern. Stattdessen stieß er einen Fluch aus und richtete seine Pistole auf seinen eigenen Sklavenjungen.

Jeremy turnte indessen wie ein Äffchen auf den Verstrebungen des Krans herum. Er kletterte immer höher und hatte die Spitze fast erreicht. Als er bemerkte, dass Antigua auf ihn zielte, hielt er inne und zog seine Steinschleuder. Antiguas Mundwinkel umspielte ein böses Lächeln. Seelenruhig korrigierte er noch einmal den Lauf seiner Pistole. Dann drückte er ab.

13

VOLLE KRAFT VORAUS

Die alte Vorderladerpistole knallte fürchterlich, gleichzeitig schoss die Bleikugel mit einer Qualmwolke aus dem Lauf. Wir alle starrten nach oben zu Jeremy. Sein tauber Gefährte stieß einen Klagelaut aus, der einem durch Mark und Bein ging. Ebenso wie wir dachte Big Bill, jetzt sei es um unseren tapferen Freund geschehen. Gleich würde er bewusstlos auf das Deck stürzen.

Wir waren wie gelähmt, doch dann geschah ein Wunder. Na ja, fast, denn schließlich trug Jeremy unsere Geheimwaffe bei sich. Jedenfalls hatte er seine Schleuder genau in der Millisekunde losgelassen, in der Antigua abdrückte. Der Kieselstein flog los und traf die Pistolenkugel mitten im Flug. Es war der absolute Meisterschuss!

Die Bleikugel wurde in der Luft gestoppt und

plumpste wirkungslos ins Meer. Antigua riss ungläubig die Augen auf. Er war fassungslos. Uns dagegen war sofort klar, was passiert war: Als Jeremy sich aufs Zielen konzentriert hatte, verwandelte ihn die magische Kugel in einen Superschützen. Wir wussten, dass sie besondere Talente ins Unendliche steigern konnte, und bei Jeremy war es eben das Schießen. Die Sache mit der Ratte im Proviantraum hatten wir ja alle miterlebt.

Antigua konnte von der Wirkung unserer Geheimwaffe natürlich nichts wissen. Er stand nur wie angewurzelt da. Als er endlich begriff, was geschehen war, war es zu spät: Big Bill schnappte sich den gemeingefährlichen Zwerg und schmiss ihn in hohem Bogen über Bord. Wir hörten es ziemlich laut platschen.

Jeremy winkte uns vom Kran aus lässig zu. Dann kletterte er zu uns herunter. Zusammen beugten wir uns über die Reling und sahen, wie sich Antigua prustend und schnaufend auf den Container rettete, in dem bereits die anderen Strandräuber gefangen waren. Sekunden später verschwand der Container mit dem tobenden Zwerg auf dem Dach im Zeitloch. Für immer.

»Dieses kleine Ding vollbringt wahre Wunder«, meinte Jeremy und gab mir unsere Geheimwaffe zurück. »Ich sah die Pistolenkugel schon auf mich zufliegen, und plötzlich wusste ich, dass ich es schaffen kann und sie treffen würde.« Er musterte uns der Reihe nach. »Wie geht so was? Seid ihr vielleicht Zauberer?«

»Das erklären wir dir später«, sagte ich, während ich die magische Kugel hastig einsteckte. »Jetzt müssen wir uns beeilen. Sonst sehen wir diese brutalen Sklaventreiber und Möchtegernpiraten früher wieder, als uns lieb ist!«

Erst jetzt bemerkten es die anderen auch: Der Frachter driftete unaufhaltsam auf das Zeitloch zu. Es war, als würde das gewaltige Schiff von ihm angesogen. Wir mussten unbedingt etwas unternehmen. Also rannten wir zurück auf die Brücke, wo wir ratlos vor den vielen Knöpfen des Steuerpults standen. Wir waren Kinder. Keiner von uns wusste, wie man ein ausgewachsenes Frachtschiff steuerte, geschweige denn, wie man damit rückwärtsfuhr.

Big Bill war uns natürlich auch keine große Hilfe, und so konnte uns jetzt nur noch das Superhirn unseres Professors retten. Ich warf ihm schnell die magische Kugel zu, und er machte sich sofort ans Werk.

Zuerst schloss er die Augen und aktivierte seine Superintelligenz, danach brachten wir ihm sämtliche

Bücher, die wir auf der Brücke fanden. Endlich war das richtige darunter: der offizielle Leitfaden für Kapitäne auf hoher See.

Boogie blätterte den dicken Wälzer in einem rasenden Tempo durch. Das Kapitel über die Steuerung von großen Schiffen las er gleich zweimal. Als ich ungeduldig aus dem Fenster sah, blieb mir das Herz stehen. Das Zeitloch hatte schon fast die Bugspitze verschluckt! Das würden wir nie rechtzeitig schaffen!

»Boogie, jetzt mach schon!«, drängte ich unseren Professor. »Was sollen wir tun?«

»Hetz mich nicht, okay?« Boogie linste über den Rand seiner kaputten Brille. »Es ist immer das Glei-

che«, murmelte er kopfschüttelnd. Plötzlich hielt er beim Blättern inne. »Oh, das ist aber interessant«, sagte er, während er mit seinem Finger triumphierend auf eine Stelle in dem Buch tippte. »Wusstet ihr, dass ...?«

Weiter kam er nicht, denn Yuki schrie ihn an: »Boogie, das Schiff!«

Die Blitze zuckten bereits über dem Vorderdeck.

Timur packte Boogie an den Schultern: »Hör mal, wenn du nicht sofort einen Zahn zulegst, landen wir vielleicht bei den Dinos. Also halt uns bitte keine Vorträge! Nicht jetzt!«

Timur sprach mir aus der Seele. Ein unkontrollierter Sprung würde uns an einen beliebigen Punkt in der Vergangenheit katapultieren. Wenn wir Pech hatten, war das die graue Vorzeit, und wir waren die ersten Menschen auf diesem Planeten.

Endlich hatte unser Genie ein Einsehen mit uns. Sir Francis klappte das dicke Handbuch zu, gleichzeitig kommandierte er Timur ans Steuerrad. Mich schickte er zu dem Pult, mit dem der Maschinenraum überwacht wurde.

»Jetzt drück den großen Knopf«, brüllte er mir zu. Das Knistern und Knacken, mit dem sich die elektrische Spannung in der Luft entlud, war inzwischen so laut, dass wir uns kaum verständigen konnten.

»Welchen Knopf?«, schrie ich zurück. Vor mir auf dem Steuerpult waren Tausende von Knöpfen.

»Mist, keine Ahnung«, kreischte Boogie. »Ich glaube, er ist grün!«

Das musste der Knopf sein! Ich schickte ein Stoßgebet an alle berühmten Piraten, deren Namen ich jemals gehört hatte, und drückte drauf. Zuerst rührte sich gar nichts. Doch dann erwachten die Dieselmaschinen im Bauch des Frachters zum Leben. Ich sage euch, das sanfte Vibrieren der anspringenden Schiffsdiesel war für unsere Nerven die reinste Wohltat!

Sobald die Schiffsmotoren liefen, brüllte Boogie Timur ein paar Anweisungen zu, die er auch sofort ausführte. Dann war es so weit: Die Schiffschraube begann sich zu drehen, das Kielwasser brodelte. Das riesige Schiff setzte sich in Bewegung.

Wir krochen rückwärts, erst ganz langsam, doch allmählich wurde der Frachter immer schneller. Am Ende waren wir so weit von dem Zeitloch entfernt, dass es keine Gefahr mehr für uns bedeutete. Beim heiligen Piratenauge, das war knapp!

Aus sicherer Entfernung sahen wir zu, wie sich der Riss in der Zeit mit ein paar letzten Blitzen wieder schloss. Timur, Yuki, Boogie und ich fielen uns jubelnd in die Arme. Wir hatten es tatsächlich geschafft. Wir waren dem Zeitloch gerade noch entkommen.

Nur Jeremy machte ein trauriges Gesicht. »Jetzt werde ich meine Eltern und meine Brüder nie wiedersehen«, meinte er.

Big Bill legte ihm tröstend den Arm um die Schulter.

»Unsere Zeit ist gar nicht so schlecht«, versuchte ich Jeremy aufzumuntern. »Bei uns gibt es ein Gesetz, das Menschenhandel verbietet. Du könntest frei sein.«

Yuki nickte. »Ja. Bei uns sind alle Menschen vor dem Gesetz gleich. Kinder haben sogar besondere Rechte.«

»Yepp, und alle haben genug zu essen«, ergänzte Timur mit ernster Miene.

»Na ja, zumindest da, wo wir wohnen« korrigierte ihn Boogie. »Aber die anderen haben recht«, sagte er zu Jeremy. »In unserer Zeit lebt es sich viel besser. Außerdem fahre ich bald nach Ghana, um meine richtige Mutter zu treffen. Wenn du willst, können wir zusammen fahren. Das geht heutzutage ganz einfach, mit dem Flugzeug. Das ist eine Maschine, mit der man über das Meer fliegen kann.«

Timur, Yuki und ich tauschten überraschte Blicke aus. Dass sich Boogie plötzlich nicht mehr dagegen sperrte, seine richtige Mutter kennenzulernen, war uns neu. Vielleicht hatte ihm das Schicksal seines Freundes zu denken gegeben. Oder Jeremys Erzählungen hatten ihn neugierig gemacht. Auf jeden Fall schien unser Professor seine Meinung zum Thema Afrika gewaltig geändert zu haben.

»Und wenn du willst«, fuhr Boogie fort, »frage ich meine Adoptiveltern, ob sie dich auch aufnehmen. Das wäre doch klasse! Dann habe ich endlich einen großen Bruder. Was meinst du? Dazu kriege ich die bestimmt, verlass dich drauf!«

Boogie fand seine Idee wirklich prima, aber Jeremy lehnte sein großzügiges Angebot kopfschüttelnd ab.

»Ihr versteht das nicht«, seufzte er niedergeschlagen. »Eure Zeit mag besser und gerechter sein, aber es ist nicht meine Zeit. Big Bill und ich gehören nicht hierhin. Wir würden immer fremd bleiben.«

Jeremy war niedergeschlagen und schien den Tränen nahe. Seit seiner gewaltsamen Verschleppung hatte er jeden Tag davon geträumt, irgendwann nach Afrika zurückzukehren. Aber nun, da sich das Zeitloch geschlossen hatte, trennte ihn nicht nur ein riesiger Ozean von seiner Familie. Jetzt waren es ganze Jahrhunderte.

14

GLÜCKLICHE HEIMKEHR

Big Bill legte seinen mordsmäßigen Muskelarm um Jeremy und drückte ihn fest an sich. Obwohl er nicht sprechen konnte, schienen sich Jeremy und sein großer tauber Freund perfekt zu verstehen. Und auch uns tat Jeremy wirklich leid. Wir hätten ihm gerne geholfen. Aber wie sollten wir das anstellen? Boogie putzte unaufhörlich seine Brille. Er schien zu grübeln und nach einer Lösung zu suchen.

»Moment mal«, sagte er plötzlich. »Na klar, das ist es! Wo ist die Sternkarte? Schnell, noch wirkt die Kugel bei mir!«

Yuki schaffte die Pergamentrolle sofort herbei, und Boogie entrollte sie auf dem Fußboden. »Gebt mir ein paar Minuten Zeit, okay?«, sagte er, wobei er gleichzeitig anfing, die uralte Karte zu studieren. Sie war gespickt mit astronomischen Symbolen und rätselhaften Tabellen, die kein Mensch kapierte. Außer unser Superhirn eben.

»Meine Vermutung war richtig«, rief Sir Francis. Gleichzeitig tippte er triumphierend mit seinem kurzen Finger auf die Karte. »Seht ihr: Genau an dieser Stelle hier wird noch vor Mitternacht ein zweites Zeitloch entstehen. Wenn wir volle Fahrt machen, könnten wir es schaffen.« Jeremy horchte sofort auf. »Ein zweites Zeitloch?«, rief er begeistert. »Das heißt, ich kann doch wieder zu meinen Eltern und Brüdern?«

Unser kleines Genie nahm seine demolierte Brille ab und nickte. »Die Möglichkeit besteht. Wenn ich mich nicht verrechnet habe, könnt ihr zurück in eure Zeit.«

Jeremy presste Boogie an sich, anschließend vollführte er einen Freudentanz. »Ihr seid wirklich Zauberer!«, jauchzte er. »Wie macht ihr das bloß? Ihr seid doch noch Kinder.«

»Stimmt«, grinste ich. »Aber wir sind nicht irgendwelche Kinder. Wir sind die Hafenpiraten!«

Als Jeremy nur verständnislos guckte, taten wir etwas, was wir bis dahin noch nie getan hatten: Wir brachen unser Abkommen. Während wir mit dem Frachter unter Volldampf Kurs auf die Stelle nahmen, an der laut Boogies Vorhersage kurz vor Mitternacht das zweite Zeitloch entstehen sollte, weihten wir Jeremy in unser Geheimnis ein. Wir erzählten ihm, wie der außerirdische Ritter ins Hafenbecken gestürzt war, und dass er uns die magische Kugel geschenkt hatte, weil wir ihm geholfen hatten. Wir erzählten ihm auch, wie die Kugel verborgene Talente freisetzte und ins Unendliche steigerte. Die ganze Geschichte eben. Jeremy war schwer beeindruckt. Und jetzt wunderte es ihn auch nicht mehr, dass er die Pistolenkugel mitten im Flug getroffen hatte.

Kurz vor Mitternacht erreichten wir die angesteuerten Koordinaten. Millionen Sterne funkelten am klaren Nachthimmel. Der Vollmond spiegelte sich satt und fett auf dem schwarzen Meer. Wir stoppten die Maschinen und hielten Ausschau. Wir mussten nicht lange warten: An Backbord, ein kleines Stück vom Frachter entfernt, zuckten die ersten Blitze über dem Wasser.

Boogies Berechnungen stimmten also. Trotzdem drängte die Zeit. Wir mussten uns von unseren neuen Freunden verabschieden.

Also wünschten wir Jeremy und Big Bill viel Glück. Yuki bat Jeremy, gut auf sich achtzugeben, doch der meinte, Big Bill würde schon auf ihn aufpassen. Boogie fiel der Abschied besonders schwer. Als er Jeremy auftrug, seine Brüder von ihm zu grüßen, wurde unser tapferer Freund plötzlich unsicher.

»Wer weiß«, sagte Jeremy. »Ich bin jetzt schon so lange von zu Hause weg. Vielleicht haben mich meine Brüder ja längst vergessen. Genauso wie mein Vater und meine Mutter.«

»Bestimmt nicht«, versicherte ihm Boogie. »Eltern vergessen ihre Kinder nie!«

»Ach ja? Und woher willst du das wissen?«, fragte Jeremy misstrauisch.

»Ich weiß es einfach. Glaub mir!«, erwiderte Boogie. Er berührte Jeremy am Arm. So, als wollte er ihm Mut machen. Der sah ihn daraufhin wortlos an.

»Hoffentlich hast du recht«, sagte er schließlich. »Ich werde daran denken.« Er gab Boogie einen Klaps. »Danke, kleiner Bruder!«

Boogie grinste wie ein Honigkuchenpferd. Dann bestiegen Jeremy und Big Bill das Rettungsboot. Wir ließen es zu Wasser, und nachdem Jeremy die Seile ausgeklinkt hatte, setzte sich Big Bill an die Ruder und pullte mit kräftigen Zügen in das gerade entstehende Zeitloch hinein.

Kurz darauf war es so weit: Jeremy und Big Bill begannen sich aufzulösen. Jeremy winkte uns ein letztes Mal zu – dann waren die beiden für immer in der Vergangenheit verschwunden.

Nach diesem Abschied hatte unsere Laune doch ein wenig Schlagseite. Obwohl wir Jeremy noch nicht lange kannten, war er uns in der kurzen Zeit ans Herz gewachsen. Ebenso wie sein tauber Muskelfreund Big Bill. Und nun würden wir die beiden nie wiedersehen. Jeremy war ein prima Typ, und er hätte bestimmt super in unsere Freibeutergang gepasst.

Gleichzeitig waren wir aber auch froh, dass wir jetzt endlich nach Hause fahren konnten. Nach all dem, was wir über Jeremys Leben mitbekommen hatten, freuten wir uns fast schon darauf, bald wieder die Schulbank zu drücken. Ich meine, auch wenn wir die Schule natürlich nach wie vor hassten wie die Pest: Jetzt kam sie uns wie das reinste Zuckerschlecken vor.

Also nahmen wir schnellstens Kurs auf die Küste. Wir orientierten uns an den Sternen und fuhren die ganze Nacht durch. Man musste schon sagen, Boogie und Timur hatten bei der Steuerung des Frachters echt den Bogen raus. Am nächsten Morgen kam endlich Land in Sicht. Mann, haben die geguckt, als wir mit dem riesigen Frachter im Schneckentempo den Fluss hinaufkrochen!

Von überallher liefen die Leute herbei. Am Ufer bildeten sich dichte Menschentrauben. Die Erwachsenen gafften, was das Zeug hielt. Manche schrien sogar. Kein Wunder, immerhin kamen nicht alle Tage ein paar Kinder auf einem alten Frachtschiff vorbeigeschippert.

Zum Glück wurde der Fluss früher auch von größeren Schiffen befahren, deshalb war er so tief ausgebaggert, dass wir auch mit unserem großen Pott bequem manövrieren konnten. Schließlich passierten wir den Seitenkanal, der zum Hauptquartier unserer Erzfeinde führte.

Die Wikinger hatten die Aufregung längst mitbekommen und waren wie alle anderen zum Fluss gerannt. Jetzt standen sie wie die Ölgötzen am Ufer. Timur meinte, die Bande erinnere ihn an die berühmten Statuen auf der Osterinsel. Genauso versteinert und mit demselben blöden Blick.

Wir konnten es uns nicht verkneifen, Hubert von der Brücke aus lässig zuzuwinken. Von oben wirkten er und seine Bande wie Zwerge. Plötzlich löste sich Hubert aus seiner Erstarrung.

»Ihr habt was, was mir gehört!«, brüllte er zu uns hoch.

»Was meint er damit?«, wunderte sich Yuki.

»Ich kann mir schon denken, was der meint«, erwiderte Timur am Steuerruder des Frachters. Er zog einen Stofffetzen aus der Tasche seiner abgeschnittenen Piratenhose. Es war ein winziges Stück der Wikingerfahne.

Wieso Timur den schmutzigen Lappen aufbewahrt hatte, war uns allen ein Rätsel. Jedenfalls hielt er Zorro den Stoff hin und redete leise auf ihn ein. Anscheinend verstand Zorro tatsächlich, was Timur von ihm verlangte, denn er nahm den Fetzen in den Schnabel und wollte losfliegen. Da hielt ihn Yuki zurück.

»Sag ihm, es tut uns leid«, gab sie dem Ara noch mit auf den Weg. Zu Timur und mir gewandt sagte sie: »Und ihr solltet euch schämen! Der Diebstahl war gegen jede Piratenehre! Das wisst ihr genau!«

Beim Säbel des Henry Morgan: Timur und ich kamen uns echt vor wie kleine dumme Jungs. Wir hassten das. Dann ließ Yuki den Papagei los, und Zorro legte Hubert das Fahnenstück krächzend vor die Füße.

Das Pickelgesicht hob den Fetzen auf und sah immer wieder zwischen uns, dem Riesenschiff und dem zerrissenen Stoff in seiner

Hand hin und her. Mehr bekamen wir leider nicht mit, denn der Frachter tuckerte unaufhaltsam weiter den Fluss hinauf. Aber ich wette, Hubert steht noch heute grübelnd am Ufer.

Kurz darauf kam unser Hafen in Sicht, und Timur ließ das Schiffshorn mehrmals kräftig tuten. Endlich! Wir waren zu Hause! Als wir mit unserem Frachter in den Hafen einliefen, erwartete uns eine Überraschung. Die Nachricht über unsere Rückkehr schien sich wie ein Lauffeuer verbreitet zu haben. Wo man auch hinsah, überall wimmelte es von Menschen. Unser Revier kam uns vor wie eine Fußgängerzone am Samstagnachmittag.

Nachdem Timur den riesigen Kahn mit einem etwas holprigen Manöver an den verfallenen Kai gelegt hatte, brach die Hölle los. Kaum hatten wir die Gangway heruntergelassen, stürmten unsere Eltern auf uns zu. Allen voran mein Vater.

»Ich hab mir schreckliche Sorgen gemacht!«, rief er mit Tränen in den Augen und drückte mich fest an sich. »Ich habe deiner Mutter doch versprochen, auf dich aufzupassen. Was ist denn nur passiert?«

Mein Vater sah wirklich aus wie ein Gespenst. Genauso wie die Eltern von Timur, Boogie und Yuki. Offenbar hatten sie aus lauter Sorge über unser Verschwinden die letzten Tage kein Auge zugemacht. Wie sich später herausstellte, hatte Hubert nämlich überall herumerzählt, wir seien bei dem Sturm ertrunken.

Jetzt waren unsere Eltern überglücklich, ihre Sprösslinge wohlbehalten zurückzubekommen. Unter uns gesagt, uns ging es in diesem Moment nicht viel anders. Wir waren wirklich froh, wieder da zu sein, wo wir hingehörten.

»Hey, kommt mal her«, rief Boogie, nachdem sich unsere Eltern halbwegs wieder beruhigt hatten und das erste Fragegewitter der Presseleute vorüber war. Er winkte uns zur Seite. »Ich muss euch was zeigen!«

Seine Eltern hatten ihm seine heiß geliebte Computeruhr mitgebracht, und Boogie hatte sich sofort ins Internet eingeklinkt. Jetzt hielt er Timur, Yuki und mir die Uhr mit dem extragroßen Display unter die Nase.

Wie dort zu lesen war, wurde an der afrikanischen Westküste vor Kurzem eine sensationelle Entdeckung gemacht: Neuesten Funden von Schriften nach gab es dort bereits Mitte des 18. Jahrhunderts ein Königreich, in dem die Sklaverei verboten war und alle Menschen vor dem Gesetz gleich behandelt wurden. Der Name des Königs war doch tatsächlich König Jeremy der Große!

Unser Freund hatte es also geschafft! Er war nach Afrika zurückgekehrt und hatte den ersten Staat gegründet, in dem es keine Sklaven mehr gab und alle Menschen frei waren.

Boogie grinste breit. »Ich glaube, wenn ich in ein paar Wochen mit meinen Eltern nach Afrika fahre, werde ich einen kleinen archäologischen Ausflug machen.«

»Super! Wir kommen mit!«, rief Timur. Er war sofort begeistert. »Vielleicht hat uns Jeremy ja eine Botschaft hinterlassen.«

»Bist du verrückt?«, ermahnte ihn Yuki. »Das können wir Boogies Eltern nicht antun.«

»Da hast du recht«, sagte ich schmunzelnd. »Alle vier Hafenpiraten in Afrika dürften selbst für die geduldigsten Adoptiveltern zu viel sein. Nein, auf uns wartet eine andere Aufgabe: Wir bauen ein neues Floß, ein echtes Hafenpiratenfloß!«

»Hurra!«, schrie meine Crew.

Der Rest der Ferien war gerettet.

Beim Klabautermann, solche Kameraden wünscht sich jedes Kind!

Die Hafenpiraten, das sind Lars, Timur, Boogie und Yuki. Gemeinsam verbringen sie jede freie Minute in ihrem Hauptquartier im alten Hafen. Eigentlich könnte das Leben als Freibeuter so schön sein, wenn Lars' Vater nicht beschlossen hätte, seinen Sohn nach den Ferien auf ein Internat zu schicken. Aber Lars kann seine Crew unmöglich allein lassen! Vor allem, weil ihre Erzfeinde, die Wikinger, sie zu einem Wettrennen herausgefordert haben. Und dann fällt auch noch ein Ritter ins Hafenbecken, der dringend ihre Unterstützung braucht. Da hilft nur ihr Piratenmotto: Immer schön lässig bleiben!

160 Seiten 10,00 € [D] / 10,30 € [A] ISBN 978-3-85535-646-1

Das Abenteuer geht weiter: Band 2 der Hafenpiraten!

Endlich Ferien! Bei den Hafenpiraten heißt das: Zeit für die nächste Kaperfahrt. Flussabwärts treffen sie auf ihren Schuldirektor Dr. Hirnstein. Als würden sie den nicht schon oft genug in der Schule sehen! Doch dann hält ausgerechnet ihr langweiliger Biolehrer das nächste Abenteuer für sie bereit. Er führt sie in die sagenumwobene »Todesschlucht« und überlässt sie dann ihrem Schicksal. Aber zum Glück haben die Hafenpiraten ihre Geheimwaffe dabei …

160 Seiten 10,00 € [D] / 10,30 € [A] ISBN 978-3-85535-647-8

HUBERT
Schrecken aller Piraten und Anführer der fiesesten Bande aller Zeiten.
DER DÜNNE MANNI
Huberts rechte Hand und ein wirklich gemeiner Typ …